흉가탐험대

흉가탐험대

양심이 깨어나는 시간

박현숙
장편소설

㈜자음과모음

차례

흉가에 가야 하는 이유 —— 7

초록대문 집에 있는 영혼 —— 20

현장 답사 —— 32

이름이 적힌 쪽지 —— 42

비옷 입은 남자 —— 53

해초를 불러낸 사람 —— 71

범인의 목소리 —— 81

머리 젖은 밤 —— 93

세 명의 아이들 —— 104

목소리의 주인 —— 113

사라진 서린 ——— 121

서린이가 알고 있는 것 ——— 134

해초가 남긴 반지 ——— 142

흉가 탐험 라이브 ——— 153

비밀 아닌 비밀 ——— 163

증언보다 확실한 증거 ——— 175

빙의로 얻은 단서 ——— 186

또 다른 목격자 ——— 197

돌을 던지는 방법 ——— 207

작가의 말 ——— 220

흉가에 가야 하는 이유

날씨가 좋아서인지 파란 하늘은 멀리 아주 멀리까지 보였다. 넓은 하늘을 유유히 떠다니는 구름이 평화롭게 느껴졌다. 나도 얼마 전까지만 해도 저 구름 같았다. 일상은 한없이 평화롭고 잔잔했다. 학업 스트레스 때문에 탈모까지 온다는 아이들도 있지만 나는 성적에 크게 신경 쓰지 않았다. 올라가면 올라가는 거고 내려가면 내려가는 게 성적이라고 여겼다. 엄마 아빠도 내가 공부로 뭔가를 해낼 인간은 아니라는 걸 일찌감치 깨달았다. 아무리 좋은 학원에 보내고 족집게 과외 선생을 붙여 줘도 돈값을 한 적이 단 한 번도 없으니 포기할 만했다. 엄마는 포기하니까 도리어 마음이 편하다고 했다. 아빠도 마음이 편하다고 했다. 모든 사람이 다 공부로 성공할 수 없다는 진리를 나를 보고 깨달았다고 했다.

초등학교 때부터 1등을 놓쳐 본 적이 없다던 아빠는 태어날 때 울음소리도 남달랐다고 한다. 할머니 말로는 다른 아기들이 세상과 마주하는 순간 무턱대고 목청껏 울어 대는 것과는 달리 아빠는 어떤 식으로 특별하게 울 건지 생각을 하고 울었다고 했다. 어떻게 울어야 생각을 하고 우는 건지 알 수 없지만 아무튼 할머니는 아빠의 모든 것을 특별하게 생각했다. 아빠가 사인을 잘못해서 재산을 날린 것 또한 할머니는 다 특별한 이유가 있을 거라며 아빠를 감쌌다. 엄마는 이유는 무슨 특별한 이유냐며 할머니 재산을 믿고 생각 없이 사인한 것뿐이라고 말했다.

언제 어느 때고 무슨 일이 생겨도 무조건 아빠의 지지자였던 할머니가 세상을 떠났을 때 아빠는 한쪽 날개가 꺾인 어린 새 같았다. 장례를 치르는 사흘 동안 밥 한 톨 먹지 않고 울기만 했다. 입술은 하얗게 말라비틀어지고 가뜩이나 작은 눈은 팅팅 부어 보이지 않았다. 엄마가 제발 한 입만 먹으라고 애걸복걸해도 아빠는 조용히 밥그릇을 밀어냈다.

"장도수, 너는 나중에 엄마가 죽어도 절대 저러지 마. 밥은 꼭꼭 챙겨 먹어. 알았지?"

엄마는 밥도 안 먹고 슬퍼만 하는 게 결코 효도는 아니라고 했다.

"당연하지. 나는 배고픈 건 못 참아. 굶을 생각 전혀 없으니까 엄마는 그런 걱정 하지 마."

"너 그걸 말이라고 해? 엄마가 죽었는데 배가 고파? 배고픈 걸 못 참아? 그래, 엄마가 죽어도 실컷 처먹고 싶다 이 말이지? 그래,

처먹어라, 처먹어.”

밥은 꼭 챙겨 먹으라는 말은 엄마가 먼저 했다. 그래 놓고 화를 내다니. 그것도 그냥 화를 내는 게 아니었다. 그때 엄마는 밥 두 그릇을 내가 먹던 국그릇에다 확 부었다. 나는 이미 밥 한 그릇을 국에 만 상태였다. 밥 세 그릇이 들어가자 국물은 흔적 없이 사라져 비빔밥이 되었다. 나는 비빔밥이 세상에서 제일 싫었다. 엄마는 눈앞에서 계속 나를 쏘아봤고 나는 도대체 그 밥을 먹어야 할지 말아야 할지 판단이 서지 않았다. 먹어도 욕을 먹을 거 같고 먹지 않아도 욕을 먹을 거 같았다.

장례식이 끝날 때까지 나는 엄마 눈치를 보며 밥을 먹어야 했다. 생전 처음으로 눈칫밥을 먹은 날이었다.

할머니의 죽음은 나에게 눈칫밥이 뭔지를 알려 주었다. 하지만 그것보다 더 복잡하고 큰 숙제를 남겼다.

“도수도 뭔가 하게 해 주어야지 그냥 두면 안 돼.”

할머니의 유언이었다. 평소에는 아빠의 똑똑한 머리를 물려받지 못한 나를 한심하게 생각했던 할머니였다. 대놓고 한심한 놈이라고 말하지는 않았지만 나도 눈치는 있어 그 정도는 알고 있었다.

“휴.”

나는 하늘을 보며 한숨을 쉬었다. 모든 것은 거기에서 시작되었다. 할머니가 그런 유언을 남기지 않았다면 나는 지금 저 구름처럼 평화롭고 한가했을 거다. 한심한 놈은 그냥 계속 한심하게 살게 두었다면 좋았을 것을.

"네가 잘할 수 있는 걸 찾아봐. 그게 뭐가 되었든 아빠가 팍팍 밀어줄 테니까."

할머니 장례식이 끝나고 나서 아빠는 나를 들들 볶아 대기 시작했다. 나는 처음으로 나에 대해 깊게 연구하고 고민했다. 도대체 내가 잘할 수 있는 게 뭘까? 하지만 아무리 생각하고 연구해 봐도 '장도수'는 도무지 잘하는 것이 없었다. 하고 싶은 것도 없었다. 아빠는 아침저녁으로 똑같은 질문을 해 댔다.

"네가 잘할 수 있는 게 뭔 거 같니?"

어느 날이었다. 술을 마시고 들어온 아빠가 나를 앉혀 놓고 심각한 얼굴로 또 그 질문을 했다. 벌겋게 달아오른 아빠 눈과 내 눈이 마주치는 순간 무슨 말이라도 하지 않으면 안 되겠다는 생각이 들었다. 그때 텔레비전 옆에 놓여 있는 책 한 권이 눈에 들어왔다. 『세계로 달려가자』라는 제목이었는데 엄마가 읽는 책이었다. 책 내용이 뭔지는 당연히 몰랐다.

"세계 여행을 하고 싶습니다."

미쳤지. 지금 생각해도 내 정신이 아니었다. 거기에서 왜 세계 여행이라는 말이 나왔는지 모르겠다. 『세계로 달려가자』가 세계 여행에 대한 이야기인지 마라톤 이야기인지 그것도 아니면 우울증 타파 이야기인지 알지도 못하면서 말이다. 평소 나는 여행은

미친 자들이나 하는 거라고 여겼다. 멀쩡한 집 두고 왜 밖에서 고생을 하는 건지 이해 불가였다. 가고 싶은 곳, 보고 싶은 게 있으면 영상을 찾아보거나 사진을 보면 되는 거다. 그중에서도 가장 이해가 안 되는 사람들은 배낭여행이니 뭐니 하며 고생을 사서 하는 사람들이다.

"오호, 장도수 네가 세계 역사에 관심이 많은 모양이구나."

세계 여행과 세계 역사를 순식간에 연결시키는 아빠가 신기했다. 모든 것을 공부로 연결시키는 신통방통한 능력은 공부로 인생의 승부를 보는 사람들의 특징이며 특기일 거라는 생각이 들었다.

아빠는 '겨울방학 세계사 캠프'를 찾아 지원서를 냈다. 당장 어디서 그런 캠프를 찾아냈는지 그것도 신기했다.

사실 나는 방학 내내 겨울잠을 잘 작정이었다. 배를 든든히 채우고 굴속에 들어가 겨우내 꼼짝도 하지 않고 잠을 자는 곰처럼 방 안 가득 먹을 것들을 채워 놓고 방학 내내 침대에서 일어나지 않는 즐겁고 행복한 꿈을 꿨다. 하지만 그 꿈은 산산조각이 났고, 나는 겨울방학이 시작된 지 이틀 만에 세계사 캠프에 끌려갔다. 놀라운 것은 그 캠프에서 우리 학교 아이를 셋이나 만났다는 사실이다. 서린이, 수민이 그리고 해초.

"장도수."

내 어깨를 내리치는 손길에 깜짝 놀라 뒤돌아봤다. 서린이었다.

"나도 사인했어."

서린이가 하늘을 바라보며 눈을 찡그렸다. 그러고는 물었다.

"우리 잘하고 있는 거 맞지? 괜찮은 거겠지?"

나는 선뜻 대답할 수가 없었다. 잘하고 있는 건지도 모르겠고 괜찮은 건지도 확신할 수 없었다. 한참이 지나서야 수민이가 나왔다.

"사인했어?"

서린이가 물었다. 수민이는 대답하지 않았다.

"사인했지?"

서린이가 다시 물었다.

"안 했어."

"야, 너 그걸 말이라고 해?"

"갑자기 하기 싫어졌어."

수민이는 나뭇가지를 툭 꺾듯 잘라 말했다.

"장도수, 지금 얘가 뭐라고 하는 거니? 갑자기 하기 싫어졌단다. 이게 말이 된다고 생각하니?"

서린이가 어이없어하며 나에게 물었다. 당연히 말이 안 된다. 나와 서린이는 사인했는데 수민이 혼자 빠진다는 건 절대 용납할 수 없었다.

"말이 안 되지."

"도수도 말이 안 된다잖아."

서린이가 수민이를 잡아먹을 듯 노려봤다.

"아, 몰라. 내 마음이 갑자기 하기 싫다고 반발의 깃발을 높이 쳐 드는데 어떻게 하냐?"

"뭐? 마음이 반발의 깃발을 쳐들어? 얘가 어디서 이상한 말을 하고 있어? 야, 너 그러면 안 되지. 우리는 뭐 사인하고 싶어서 한 줄 알아? 그건 절대 안 돼."

"가만히 생각해 봤는데 내가 왜 굳이 그걸 해야 하나 의문이 생 겼어. 왜 해야 해?"

기가 탁 막혀서 헛웃음이 나왔다.

"야, 그걸 몰라서 물어? 우리 셋은 캠프에 같이 갔으니까."

"우리 셋만 갔어? 거기에는 우리 말고도 열 명이 더 있었어. 그 런데 왜 우리만 '닥터쌩 흉가탐험대'에 참가해야 해?"

"얘가 뭘 잘못 먹었나? 왜 갑자기 헛소리를 하고 난리야? 우리 셋은 해초와 같은 학교에 다니고 같은 반이니까 그래야 한다면 서? 뭐라도 해야 한다면서? 이건 네가 한 말이야. 그리고 닥터쌩 유튜브 영상을 보고 우리에게 초록대문 집에 가야 한다고, 그게 같은 반 친구로서의 도리라고 거품까지 물면서 열 올려 말한 것 도 너고."

서린이가 정신없이 퍼부어 댔다.

"그래, 내가 그랬지. 닥터쌩이 초록대문 집에 가는 방송을 우연 히 봤으니까. 초록대문 집에서 이상한 소리가 들린다고 사람들이 닥터쌤에게 제보했고, 닥터쌤은 영혼의 소리일 거라며 거길 찾아간 거잖아. 내가 그 방송을 보고 얼마나 놀란 줄 알아? 유명 유튜버 방송에 우리와 상관이 있는 초록대문 집이 나오는 게 흔히 일어나는 일은 아니니까. 그리고 닥터쌤이 거기에 여자아이의 영혼이 있다는 말을 하는 순간 나는 해초일 거라고 믿었고 말이야. 댓글들에도 해초일 거라고 했어. 그래서 너희에게 말한 거고. 적어도 양심이 있다면 모른 척해서는 안 될 거 같았거든. 그런데 다시 생각해 보니까 말이야. 우리가 닥터쌤 흉가탐험대에 들어가서 초록대문 집을 간다고 쳐. 그런다고 해서 뭐가 달라져? 해초 영혼이 우리한테 범인이 누군지 말해 줄 거라고 생각해? 아니면 우리가 해초의 억울함을 풀어 줄 수 있다고 생각해? 달라지는 건 아무것도 없어."

어이가 없었다. 수민이가 한 말은 닥터쌤을 찾아오기 전에 이미 나와 서린이가 했던 말이다. 그때 수민이는 과학적으로 증명되지 않아도, 말이 되지 않아도, 그리고 달라지는 게 없어도 우리는 닥터쌤 탐험대에 참여해야 한다고 했다. 우리 셋이 해초와 같은 반이었다는 사실을 강조하면서 말이다.

"너 닥터쌤이 죽을 수도 있다고 하니까 겁 집어먹고 그러는 거니? 야, 그거 그냥 하는 말이야."

서린이가 한심하다는 눈빛으로 수민이를 바라봤다.

"그런 거 아니야. 그냥 내 마음이 반발의 깃발을 쳐들어서 그런 거야. 내 마음이 시켜서 안 하겠다고 하는 거라고."

"반발의 깃발 좋아하네. 그런 말을 쓰면 좀 고급스러워 보이냐? 지금 네가 하는 말이 고상하게 들릴 거 같냐고? 고상하기는커녕 겁을 집어먹고 뱅글뱅글 도는 바퀴벌레 울음소리 같다. 반발의 깃발인지 뭔지 팍 찢어 버려. 그리고 당장 들어가서 사인이나 하고 나와!"

서린이가 소리를 빽 질렀다. 수민이는 대답 대신 허공을 응시했다.

"수민이 너, 혹시 뭔가 알고 있는 거 아니니?"

서린이가 눈을 가늘게 뜨고 물었다.

"무슨 말이야?"

"그렇지 않고서야 어떻게 단숨에 그렇게 확 변해? 우리 둘이 나오고 나서 닥터쌤이 뭐 이상한 말이라도 했니? 무섭고 끔찍한 말이라도 했어? 초록대문 집에 들어가서 재수 없게 죽게 되면 그냥 죽는 게 아니라 끔찍하게 죽는대?"

"애가 무슨 말을 하는 거야?"

수민이 얼굴이 새하얗게 변했다.

"그런 거 아니야. 닥터쌤이 그런 말을 했다면 내가 혼자만 그만 둔다고 하겠냐? 너희에게도 하지 말라고 하지. 인터넷에서 닥터쌤의 정보를 찾아낸 것도 나야. 닥터쌤이 해초 영혼을 만났다는 걸 유튜브에서 보고 내가 너희한테 말한 거잖아? 대단한 흉가탐험대라고 입가에 거품 물며 말한 것도 나라고. 닥터쌩은 흉가에 들어갈 때마다 백발백중 영혼을 만난다는 말도 내가 했어. 그리고 해초 영혼을 만나면 범인이 누군지 알 수 있을 거라고 말한 것도 역시 나야. 누구한테 무슨 말을 들어서가 아니라 진짜 내 마음속에서 자꾸만 하지 말라는 목소리가 들려. 진짜야."

수민이는 몇 시간 전과는 아주 다른 아이가 되어 있었다. 닥터쌩을 만나러 올 때만 해도 수민이는 우리 셋 중에서 가장 적극적으로 앞장섰다.

수민이는 같은 학교에 다니고 같은 캠프에 갔던 우리가 해초 일에 나 몰라라 하면 해초 영혼이 결코 용서하지 않을 거라고 했다. 그러면서 영혼의 저주를 받은 여러 가지 사례를 들기도 했다. 영혼의 저주를 받아 교통사고로 죽은 사람, 정신 줄 놓고 미친 사람, 밤마다 괴상한 소리에 시달리는 사람……. 그렇다고 해서 꼭 영혼의 저주를 믿은 건 아니다. 그런데도 조금 전에 닥터쌩과 나눈 이야기가 자꾸 떠올라 찜찜한 기분이 가시지 않았다.

나는 닥터쌩의 흉가탐험대 대원이 되면서 다음과 같이 약속한다.
무슨 일이 생겨도 책임은 본인이 진다.

닥터쌩이 내민 종이에는 그렇게 적혀 있었다.
"무슨 일이 생길 수도 있다는 말인가요?"

나도 모르게 목소리가 떨렸다.

"너 아까도 그 질문 했어. 야야야, 너 그냥 가라. 그렇게 겁이 많아 가지고 뭘 하겠다는 거냐? 그나저나 왜 이렇게 냄새가 역겨운 거야. 어제 흉가에 다녀온 후로 계속 이러네. 고기 썩는 냄새 맡아 본 적 있지? 딱 그 냄새거든. 코털 한 올 한 올에 냄새가 다 찌든 거 같아. 휴, 하긴 어제 만난 영혼은 구구절절 사연이 기막히더라고. 이 정도로 냄새가 오래 남아 있을 정도면 얼마나 기구한 사연인지 말로 표현 못 해."

닥터쌤은 오만상을 찡그리며 양손 검지를 동시에 콧구멍 안으로 넣더니 사정없이 쑤셔 댔다.

"정 싫으면 관두고. 내 방송을 보고 연락했다기에 바쁜 와중에도 온 거야. 나는 내 방송 구독자들의 요청은 잘 거절을 못 하거든. 그래서도 안 되고. 하지만 얘들아."

닥터쌤이 나와 서린이 그리고 수민이를 번갈아 바라봤다.

"나는 진심이거든. 영혼을 만나는 것도 진심이고, 그들의 사연을 들어 주는 것도 진심이고, 얽히고설킨 사연 중에 내가 풀어 줄 수 있는 것은 그렇게 하고 싶은 마음도 진심이고. 모든 것에 다 진심인 사람이 제일 싫어하는 게 뭔지 아니? 그건 바로 남의 진심을 재미로 여기는 파렴치한 인간들이지. 재미로 만나자고 하는 정작 겁이 나서 사인 못 하는 인간들 많아."

닥터쌤이 지원서를 다시 가방에 집어넣으려고 했다.

"누가 겁난대요? 아무 데나 함부로 사인하면 안 되니까 그렇죠. 우리 아빠가 사인 하나 잘못하는 바람에 말아먹은 재산이 얼마인 줄 아세요? 엄마 말로는 아파트 두 채 값이라고 하더라고요. 할게요, 해요! 설마 죽기야 하겠어요."

나는 보란 듯 사인했다.

"죽을 수도 있어."

"예?"

"죽을 수도 있다고."

"농담이죠?"

진심, 진심, 진심 타령을 하는 닥터쌤 앞에서 나는 진심으로 놀랐다. 닥터쌤이 피식 웃었다.

"농담이 진담 될 수도 있고 진담이 농담 될 수도 있지. 그게 세상 살아가는 이치야. 아, 됐고, 사인했으니까 너는 그만 가고 다음, 너 사인해. 아참, 사인까지 해 놓고 안 한다고 하면 곤란해. 어렵게 사인하고 나서도 안 한다고 하는 인간들 꼭 있거든. 사람 놀리는 것도 아니고."

나는 닥터쌤에게 등 떠밀려 밖으로 나왔다. 죽을 수도 있다는 닥터쌤의 말이 그저 헛소리로만 들리지 않았다. 진심이라는 말을 입에 달고 있는 닥터쌤이 죽는다는 엄청난 말을 함부로 할 것 같지는 않았다.

정수리 끝이 서늘해지더니 온몸에 소름이 돋았다. 닥터쌩을 만나러 온 게 과연 잘한 짓인지 후회가 되려고 했다. 이렇게 한다고 해서 달라지는 것은 없을 텐데. 하지만 해초 일에 내가 무슨 상관이냐고 말할 수가 없었다. 그러면 안 될 거 같았다.

"정 그러면 너희도 가지 마. 그럼 되잖아. 사인했다고 꼭 가야 된다는 법이 있는 것도 아니잖아?"

"그걸 말이라고 해? 네가 했던 말들은 어떻게 하고? 해초 영혼이 용서하지 않는다면서? 사인이 문제가 아니라 그런 말을 다 듣고 찜찜해서 어떻게 그만두냐고?"

서린이가 바락바락 악을 썼다.

"해초 영혼이 절대 수민이 너를 용서하지 않을 거야, 절대."

서린이는 수민이에게 악담을 했다.

"아무튼 나는 안 가. 안 한다고. 닥터쌩이 너희 둘 들어오래."

수민이는 쌩하니 내달리며 말했다.

19

초록대문 집에 있는 영혼

"미리 가 본다고요? 왜요?"

서린이가 두 눈을 동그랗게 뜨고 물었다.

"현장 답사. 본격적으로 탐험하기 전에 대낮에 한번 싹 훑어봐야지. 이번 토요일에 시간 어떠냐?"

"이미 갔다 왔다면서요? 거기서 해초를 봤다면서요? 아니, 해초 영혼이라고 말하는 게 정확하죠."

"나 말고 너희 말이야. 물론 캠프 때 담 너머로 가끔 보기는 했겠지만 그렇게 보는 거하고 직접 구석구석 보는 거는 완전 다르거든. 낮에 가서 집 구조를 제대로 알아 놔야 밤에 놀라운 일이 벌어져도 우왕좌왕 안 하지. 토요일에 둘러보고 일요일 밤에 탐험하자."

"너무 빠른 거 아닌가요? 준비도 해야 하는데."

"뭘 준비? 장비는 내가 다 갖고 있어. 너희는 그런 거 신경 안 써

20

도 돼."

"장비를 말하는 게 아니고요. 이걸 뭐라고 설명해야 하나⋯⋯. 맞아요, 마음의 준비. 마음의 준비를 해야죠."

내 말에 닥터쌩이 픽 웃었다.

"마음의 준비는 토요일 이전까지 하도록 하고 토요일 오전 열시에 만나자. 점심값은 각자 준비하고. 참고로 나랑 너희 둘 말고도 한 명이 더 있어. 아, 참고 하나 더! 금기 사항이 있는데 혹시 알고 있니? 지금 이 순간부터 무섭다는 말을 입에 올리지 마. 탐험대에게 가장 중요한 것은 멘털이거든. 무섭다는 말을 계속하다 보면 진짜 무서워져. 한순간 멘털이 무너지지. 멘털이 무너지면 헛것이 보일 수도 있어. 그리고 그곳에 간다는 건 주변 사람들에게 비밀로 해. 나불나불 불고 다니지 말고. 꼭 그런 애들 있더라고. 흉가 탐험 다녀오는 걸 무슨 전쟁터에 가서 공을 세우고 오는 것으로 착각해서 동네방네 소문 다 내는 애들 말이야. 부정 타. 부정 타면 어떤 현상이 나타나느냐, 온갖 잡귀신이 다 보여. 너희한테 붙을지도 몰라. 내 말 명심하고, 토요일에 보자."

잡귀신이 붙는다는 말에 나도 모르게 손가락 끝이 바르르 떨렸다. 잡귀신이 붙으면 어떻게 되나요? 물어보려다 그만두었다. '미치는 거지, 정신이 획 돈다고.' 이런 말을 들으면 정말 미칠 거 같을 테니까.

"저기요."

일어서는 닥터쌩을 서린이가 불러 세웠다.

"왜 닥터쌩이에요? 본업이 의사예요? 그러니까 닥터쌩이 아니라 닥터샘인 거죠?"

닥터쌩은 어깨를 으쓱 올리는 것으로 대답을 대신했다.

"저기요."

이번에는 내가 닥터쌩을 불러 세웠다.

"진짜 영혼을 봤어요? 초록대문 집에서 말이에요."

내 질문에는 닥터쌩의 얼굴이 구겨졌다.

"나를 의심하는 거니? 영혼을 못 보고도 봤다고 했을까 봐?"

"아, 그런 건 아니에요. 그냥 한 번 더 확인하는 것뿐이에요. 그렇다고 영혼의 존재 자체를 부정하는 건 아니고요. 그냥, 그 집이⋯⋯ 그 집에 영혼이 있다면, 그러니까 제 말은⋯⋯."

"그 학생 영혼이 맞는지 그게 궁금한 거지?"

닥터쌩이 내 속마음을 정확하게 짚어 냈다.

"나는 영혼으로 장난치지 않아."

닥터쌩 목소리에 힘이 들어갔다. 초록대문 집에서 본 영혼이 해초라는 말은 아니었지만, 영혼으로 장난치지 않는다는 말에는 여러 의미가 들어 있었다.

"그런데 한 가지만 더 물어봐도 돼요? 수민이요. 왜 사인 안 했는지 혹시 아세요? 닥터쌩을 만나기 직전까지는 수민이가 제일 적극적이었거든요. 그런데 한순간 어쩌다 갑자기 마음이 변했는지 진짜 이상해요."

"그거 이상한 일 아니야. 나를 찾아올 때까지는 의기양양 자신
감이 넘쳤던 사람들도 사인을 하라는 순간 달라지는 경우가 흔히
있거든. 사인에 묘한 힘이 있나 봐. 책임감? 뭐, 그런 건가. 그럼 토
요일에 보자."

닥터쌤은 어깨를 으쓱여 보이고는 돌아섰다.

"나 토요일에 학원 가야 하는데. 아무래도 이번엔 못 갈 거 같아."

닥터쌤의 뒷모습이 건물 모퉁이를 완전히 돌아서고 나서 나는
서린이에게 말했다. 서린이는 나를 힐끗 쳐다보더니 피익 웃었다.

"학원? 에이, 설마. 큭, 장도수 너 학원 안 다니잖아? 너희 엄마
아빠는 네 성적에 대해 이미 포기했잖아? 모든 사람이 꼭 공부로
성공할 수는 없다면서 말이야."

서린이 쟤가 어떻게 나에 대해, 우리 집 사정에 대해 저렇게 정
확하게 알고 있을까. 소름이 돋을 정도다.

"그냥 솔직히 말해. 가기 싫다고. 수민이도 빠졌는데 너도 빠지
고 싶다고. 장도수, 너희 엄마와 우리 엄마가 고등학교 동창인 거
잊었어?"

아, 맞다. 엄마와 서린이 엄마는 고등학교 동창이다. 그리고 자
주 전화하는 사이다. 고등학교 졸업 후에 단 한 번도 본 적 없다가
어느 날 우연히 아파트 상가 세탁소에서 만났다고 한다. 고등학
교 때는 별로 친한 사이도 아니었다고 했다. 친하기는커녕 말 한

번 건네 본 사이도 아니라고 했다. 엄마는 서린이 엄마가 고등학교 때 좀 이상한 아이였다면서 아빠한테 흉을 보기도 했다. 뭐가 이상하다는 건지 그때는 몰랐는데 지금 보니 이상하긴 이상하다. 어른들끼리 주고받은 말을 딸에게 그대로 전하는 걸 보면 말이다. 친하지도 않은 사이라면 우연히 만났더라도 그저 눈인사 정도로 끝내고 말지 왜 전화하는 사이가 되었는지 엄마가 원망스러웠다. 게다가 아들의 일상을 공유한다니, 말도 못 하게 원망스러웠다.

"너 빠질 생각 하지 마. 솔직히 따지고 보면 내가 그 캠프에 간 것도 다 장도수 너 때문이야. 너희 엄마가 우리 엄마한테 전화해서 제발 너랑 같이 가게 해 달라고 사정했거든. 너 혼자 보내는 게 불안하다고 말이야. 내 참가비도 사실 너희 엄마가 내 줬어."

어이가 없었다. 나에게 무슨 일이 생기면 서린이가 해 줄 수 있는 게 뭐가 있다고 그 비싼 참가비를 대 주다니.

"어차피 사인까지 했어. 장도수 너도 닥터쌤이 초록대문 집에 다녀온 영상 찾아봤지? 거기에서 말하는 아이들이 누구겠니? 누가 봐도 우리야. 그런데 어떻게 안 가? 안 가면 도리어 우리가 의심받을 수도 있어. 뭔가 알고 있으니까 코빼기도 안 보인다고 말이야. 귀신은 있을 수도 있고 없을 수도 있어. 반반의 확률이야. 솔직히 말하면 귀신이 없으면 좋겠어. 한밤중에 귀신을 찾아가는 거 나도 싫다고. 하지만 닥터쌤 유튜브 구독자들은 해초 영혼이 우리를 만나면 무슨 말을 할지 엄청 궁금해하고 있을 거야. 우리를 보면 꼭 하고 싶은 말이 있다고 했거든."

"해초 영혼이 우리한테 할 말이 있다고 했어?"

처음 듣는 말이었다.

"너 닥터쌤 유튜브 안 찾아봤어? 에이, 안 봤나 보네. 방송에서 닥터쌤이 영혼과 대화하는 장면이 있어. 영혼의 목소리는 기계음으로 들려서 무슨 말을 하는지 잘 모르겠는데 자기를 잘 아는 아이들이 오면 하고 싶은 말이 있다고 했대. 그 말을 듣고 수민이가 우리한테 같이 닥터쌤을 만나자고 한 거잖아."

미쳤다. 미치지 않고서야 그런 영상을 보고 닥터쌤을 만나자고 하다니. 내가 그 사실을 알았더라면 절대 닥터쌤을 만나지도 않았을 거고 사인도 하지 않았을 거다.

"그렇게 중요한 말을 이제야 하면 어떻게 해?"

수민이도 그런 말은 하지 않았다.

"당연히 영상 찾아본 줄 알았지."

머릿속이 복잡해졌다.

"너는 그런 말을 듣고도 거기에 가고 싶어?"

"말했잖아. 우리가 나타나지 않으면 닥터쌤 유튜브 구독자들은 계속 우릴 기다릴 거야. 그리고 자기들끼리 우리를 뺑튀기 기계에 넣고 이리저리 튀길 거야. 나중에는 요상한 소문이 나 있을걸."

"너는 남들 때문에 거길 간다는 거야?"

내 말에 서린이는 입술을 오물거리며 망설이다가 말했다.

"솔직히 말하면 꼭 그것 때문은 아니야."

서린이의 입에서 다른 말이 더 나올까 하고 기다렸지만 그걸로 끝이었다.

"그래, 사인까지 했는데 가자. 서린이 네 말대로 반반의 확률이야. 영혼이니 귀신이니 하는 것은 존재하지 않을 수도 있다고. 닥터쌤이 사기꾼일 가능성도 있는 거지. 유튜버들은 어느 정도 밑밥을 뿌려. 초록대문 집에서 그런 일이 일어났고 또 누군가가 이상한 소리를 들었다고 하니까 구독자를 늘리려고 사기 치는 것일 수도 있잖아."

나는 진심으로 그러길 바라면서 말했다.

"그럴 수도 있겠지."

서린이가 허공을 바라봤다.

"꼭 사람들 때문이 아니라고 했잖아? 다른 이유는 뭐야?"

나는 서린이 눈치를 보며 물었다.

"뭐…… 수민이가 했던 말들이지. 해초와 같은 반이었고 같은 캠프에 갔다가 그런 일이 일어났으니까 뭐라도 해야 할 거 같아서."

초록대문 집은 캠프장 바로 옆에 있었다. 눈 쌓인 마당이 예쁜 집이었다. 낮은 처마 끝에는 언제 지었는지 모를 제비 집이 붙어 있었고 돌담과 초록색 대문이 잘 어울렸다. 한 번쯤은 들어가서 마루에 걸터앉아 보고 싶은 충동이 일기도 하는 그 집은 빈집이었다. 겨울이 막 시작될 무렵 집주인이 세상을 떠났다고 했다.

'영혼이 존재할까?'

만약 그렇다면 해초 영혼은 나를 보고 무슨 말을 할까? 해초는 내가 그날 그 시간에 그곳에 있었다는 사실을 알고 있을까? 그런 생각이 들자 머릿속이 감전된 듯 찌릿했다. 가슴도 뛰었다.

"나, 아무래도 토요일에 못 갈 거 같아. 토요일뿐 아니라 일요일에도 못 갈 거 같아. 사람들이 어떻게 생각하거나 말거나 그게 무슨 상관이야. 그리고 내가 할 일이 뭐가 있겠어? 나는 범인을 본 적도 없는데."

말을 내뱉는데 명치끝이 따끔했다. 그리고 아까 먹은 밥이 도로 올라올 것처럼 속이 울렁거렸다.

"얘들이 진짜 다 왜 이래? 아, 몰라, 몰라. 다시 한번 말할게. 귀신이 있다 없다는 반반의 확률이야. 오십 퍼센트의 확률이 별것 아닌 거 같니? 엄청난 거야. 만약 귀신, 영혼이 존재한다면 해초 영혼이 너를 용서하지 않을 거야. 확 죽여 버릴지도 모른다고. 교통사고가 나게 하든, 길을 가다 싱크홀에 빠지게 하든, 어느 날 밤 바람에 날려 아무도 모르게 블랙홀에 빨려 들어가게 하든, 그것도 아니면 외계인에게 납치를 당하게 하든, 어떤 방법으로든 너를 용서하지 않을 거야."

태어나서 저런 악담은 처음 들어 본다. 무슨 애가 얼굴색 하나 변하지 않고 무시무시하다 못해 끔찍한 악담을 퍼부을 수 있는지 신기하기까지 했다. 숨도 쉬지 않고 악담을 퍼붓던 서린이가 잠시 머뭇거렸다. 더 이상의 악담이 떠오르지 않는지 얼굴을 잔뜩 찡그리며 허공을 바라보기도 했다. 그러더니 갑자기 주먹을 쥐어 가슴을 팍팍 쳤다.

"왜 그래?"

가슴팍 치는 소리가 하도 커서 말리지 않을 수가 없었다.

"소화가 안 돼서 그래. 여기가 꽉 막혔어. 꼭 음식 찌꺼기로 막힌 하수구 같아. 여기서 뭐가 확 올라오면 입안에서는 지독한 냄새가 나고."

나는 서린이 말을 들으며 놀랐다. 증상이 나와 비슷했다.

"나도 몰라. 내가 억지로 네 목덜미를 끌고 갈 수는 없는 거잖아? 가기 싫으면 가지 마. 토요일 열 시야."

가기 싫으면 관두라면서 서린이는 친절하게도 시간을 또박또박 말해 줬다. 너 같으면 그런 악담을 듣고 안 갈 수 있겠냐? 나는 멀어져 가는 서린이 뒤통수를 보며 중얼거렸다. 안 가면 지금이라도 새똥에 맞아 뇌진탕으로 죽을 수도 있을 거 같았다.

집으로 돌아왔을 때 엄마가 소파에 앉아 누군가와 통화를 하고 있었다. 해초가 어쩌고저쩌고하다가 나를 보더니 슬며시 몸을 틀고 목소리를 죽였다.

"응, 그래, 나연. 우리 도수 왔어. 그만 끊자."

나연이면 서린이 엄마다.

"어디 갔다 와? 내일모레면 삼 학년이야. 아무리 공부하고는 담을 쌓았어도 새 교과서 정도는 한번 훑어봐야 하는 거 아니니?"

엄마가 공부 이야기를 했다. 당황했다는 뜻이다. 엄마는 해초 이름을 입에 올린 것만으로도 당황하고 있었다. 해초는 우리 학교 엄마들이 아이들 앞에서 절대 꺼내서는 안 되는 이름이 되어 가고 있었다. 그런다고 해서 우리가 해초를 잊는 것은 아닌데 말이다. 누군가를 잊는 데는 시간이 필요하다. 아주아주 오랜 시간 말이다. 시간이 흘러 중학교를 졸업하고 고등학교에 가고 대학교에 갈 때가 되면 해초를 잊을 수도 있다. 먼 훗날, 누군가에게 해초 이름을 들으면 '해초가 누구더라?' 하며 기억을 더듬을 수도 있다. 그리고 '아하, 그 아이가 해초였지. 열여섯 살이 막 시작되었을 때 안타깝게 죽었지' 하면서 옛날이야기를 하듯 말할 수도 있다. 하지만 오랜 시간이 지나도 절대 잊을 수 없는 일도 있다. 고기 한 덩어리가 명치끝에 걸려 있는 것처럼 더부룩하게 평생 남아 있는 일도 있을 거다. 나에게 해초 일은 그럴 수 있다.

"학원 다닐래? 아무래도 그러는 게 좋겠지? 성적에 신경 쓰지 말고 그냥 다녀. 학생에게는 학원과 학교가 가장 안전한 곳이야. 아니면 과외 받을래? 그냥 남들처럼 겨울방학 내내 학원하고 과외로 뺑뺑이 돌았으면 더 좋았을 텐데 말이야. 아휴, 후회해 봤자 소용없는 일이지, 뭐. 네 아빠도 참, 어디서 그런 캠프를 알아냈는지 몰라."

엄마가 아빠를 원망했다. 그리고 내가 다녀온 세계사 캠프를 이상한 곳으로 몰아 갔다. 캠프는 훌륭했다. 비싼 참가비 몫을 톡톡히 했다. 유명한 역사학자가 강의를 했고 텔레비전에 자주 나오는 여행가도 왔다. 캠프를 기획하고 진행할 때만 해도 그런 일이 일어날 거라고 예측한 사람은 아무도 없었을 거다.

"하지만 사람이 살다 보면 여러 가지 예측하지 못한 일들을 만나게 되어 있어. 그중의 하나를 일찍 겪었다고 생각하면 돼. 아이들 아직 어수선하지? 캠프 갔던 아이들은 더 그럴 거야. 서린이도 그렇다더라. 곧 괜찮아지겠지. 신경을 다른 데로 돌리면 더 빨리 괜찮아질 거야. 어느 학원 갈래? 서린이가 다니는 학원에 보내 줄까?"

"꼭 학원 다녀야 해?"

"그러는 게 좋겠어."

"그럼 아무 데나 보내 줘. 하지만 다음 주부터 다닐 거야. 토요일하고 일요일에는 친구와 약속이 있거든."

내 마음속에서는 이미 초록대문 집에 갈 거라고 결정을 내리고 있었다.

"무슨 약속? 친구 누구?"

"엄마는 모르는 아이야. 그 아이 생일이래. 토요일에는 선물 사러 가고 일요일에는 파티야."

"무슨 중학생들이 생일파티를 해? 그것도 남자아이들이?"

"중학생이 생일파티 하면 안 된다는 법 있어? 남자아이들은 생일파티 하면 안 된다고 누가 그래?"

나는 화를 벌컥 냈다.

"그래, 알았어. 왜 소리를 지르고 난리람. 아마도 다들 신경을 다른 곳으로 돌리고 싶은가 보다. 그래서 그 아이 엄마도 생일파티 같은 걸 해 주고 싶어 하는 거겠지. 그래, 이해해, 이해한다고. 생일파티 다녀와. 신나게 놀다 와. 선물도 근사한 거로 사고."

현장 답사

    금요일 저녁부터 날리던 눈발은 토요일 아침이 되자 함박눈으로 변했다. 아파트 화단에 쌓여 가는 눈을 보며 초록대문 집을 떠올렸다. 눈 내린 마당이 참 예쁜 집이었는데.

    "선물 뭐 살 건데?"

    아침을 먹는데 엄마가 물었다.

    "나도 몰라. 가 보고 아무거나."

    "그래도 친구가 필요한 걸 사 줘야지. 수민이도 가는 거니?"

    예상치 못한 질문이 훅 들어왔다. 아, 엄마가 수민이 엄마와도 가끔 연락하고 지내는 사이인 걸 깜박했다. 그러고 보니 엄마의 네트워크는 촘촘했다.

    "아니, 수민이는 안 가. 서린이는 가고."

    "서린이? 어머, 생일인 친구가 여자아이니? 도수 너 여자아이한테 초대받은 거야? 세상에, 세상에. 너, 여자아이 선물 고를 수 있어? 엄마가 도와줘? 그래, 그러는 게 좋겠다. 뭐가 좋을까?"

엄마가 유별나다 싶을 정도로 호들갑스럽게 말했다. 서린이와 같이 간다고 해서 생일인 아이가 여자아이라는 짐작은 누가 들어도 억지였다. 엄마가 호들갑을 떠는 것, 억지스러운 말을 하는 것 모두 우리 학교 아이들 사이에서 해초라는 아이가 더 이상 끼어 있을 틈을 주지 말자는 뜻으로 들렸다.

"다 먹었다."

나는 숟가락을 놓고 일어나 재빨리 주방에서 나왔다. 엄마가 당장 서린이 엄마한테 전화를 할 게 뻔했다. 서둘러 서린이에게 문자를 보냈다. 흉가 탐험을 생일파티라고 둘러댔다는 말에 서린이가 물었다.

─누구 생일이라고 해?

2학년 때 같은 반이었던 여자아이들을 떠올려 보려고 노력했지만 소용없었다. 자꾸 해초 얼굴만 떠올랐다.

─태리 생일이라고 하자.

서린이 문자를 보는 순간 태리가 누구인가 한참 동안 생각했다. 창가 쪽에 앉아 있던 얼굴이 까무잡잡한 아이였다.

─태리 정보는 엄마들 사이에 노출되지 않았거든. 가장 안전해. 빨리 나와. 나도 지금 나가는 중이거든.

─벌써? 아직 아홉 시도 안 되었는데.

─만나서 의논 좀 하자. 무슨 얘기라도 해야 할 거 같아. 집에 가만히 있으니까 자꾸 불안한 마음만 들어.

나는 엄마가 설거지를 하는 사이 집에서 나왔다.

눈이 펑펑 내렸다. 서린이는 이미 약속 장소에 나와 있었다. 미리 만나 뭐라도 의논하자던 서린이는 입을 다문 채 묵묵히 내리는 눈만 바라봤다.

빵빵.

닥터쌩은 요란한 경적을 울리며 나타났다. 닥터쌩이 타고 온 자동차는 한눈에 보기에도 불쌍해 보이는 낡은 경차였다. 밖에서 봐도 한없이 작아 보이던 차 안은 정말 좁았다. 무릎이 앞좌석에 닿아 꼼짝할 수가 없었다.

"우리 말고 한 명 더 있다면서요?"

"오늘 안 오고 당일에 올 거야, 내일."

닥터쌩의 경차가 함박눈을 헤치고 달리기 시작했다. 토요일 오전의 거리는 한산했다. 눈이 내려서 더 그런 거 같았다. 왕복 4차선 도로가 모두 제 것인 듯 차선을 오가며 달리던 닥터쌩의 경차는 고속도로에 들어서자 속도를 더 올렸다. 아무리 제설 작업이 되어 있다고는 하지만, 해도 너무하다 싶을 정도로 달렸다.

"죽을 수도 있다는 말이 이거였어요?"

얼굴이 새파랗게 질려 눈을 부릅뜬 채 앞만 주시하고 있던 서린이가 참지 못하고 비명을 지르듯 말했다.

"속도가 빠르게 느껴질 뿐이야. 이 차가 이십 년이 다 되어 가거든. 폭삭 늙어서 조금만 달려도 여기저기 아프다고 소리 지르는 거야."

닥터쌤은 보란 듯 더 속도를 냈다. 이십 년 된 폭삭 늙은 닥터쌤의 경차는 거의 공중 부양 하듯 도로 위로 떠올랐다.

"의사라면서요? 의사면 돈도 잘 벌 텐데 차부터 바꾸라고요. 미친 듯이 달리고 싶으면 안전하고 비싼 차를 타라고요. 아, 짜증 나."

서린이는 운전석 뒤를 주먹으로 마구 쳤다.

"겁나냐? 교통사고 나서 죽을까 봐? 걱정하지 마라. 사람은 말이야, 다 운명이라는 게 있고 타고난 수명이라는 게 있어. 백 퍼센트는 아니지만 죽고 사는 일은 거의 타고난 수명에 좌우되는 거지. 그래도 무섭다면 천천히 가지, 뭐. 사실 나도 좀 전에 약간의 공포를 느꼈거든. 내 수명이 오늘까지면 어쩌나 하는 공포 말이다. 브레이크가 한순간 안 듣더라고. 아아아, 지금은 괜찮지만 말이야."

닥터쌤의 말에 나와 서린이는 마주 봤다. 서린이 얼굴이 새파랗다 못해 까맣게 변해 있었다.

"브레이크가 말을 안 들으면 어떻게 돼?"

서린이가 물었다.

"차가 멈추지 않는 거지."

"차가 멈추지 않으면 우리는 어떻게 되는 거야?"

서린이가 떨리는 목소리로 다시 물었다. 나는 고개를 갸웃거리며 대답했다.

"죽나?"

그러자 서린이가 주먹으로 내 머리를 후려쳤다.

"왜 때려?"

"너는 죽고 싶냐? 죽고 싶어?"

서린이가 울음을 터뜨렸다. 당황스러웠다. 그렇다고 울 것까지야. 나는 차가 멈추지 않으면 사고가 날 테고 그러면 죽을 수도 있다고 대답했을 뿐이다. 얻어맞은 게 억울하기도 하고 어이도 없었지만 울고 있는 서린이에게 따지고 대들 수도 없었다.

얼마 지나지 않아 닥터쌩의 자동차 속도가 확 줄었다. 이번에는 슬슬 기어갔다. 이런 식으로 기어가다가 오늘 안으로 목적지에 도착할 수 있을까 의문이 들 정도였다. "오늘 다섯 시 안에는 집에 돌아가야 한다고요. 가족끼리 외식하기로 했단 말이에요" 하고 서린이가 투덜댔다.

우여곡절 끝에 초록대문 집 앞에 도착했을 때는 한 시 오 분 전이었다. 전국에 폭설주의보라도 내렸는지 초록대문 집은 눈에 파묻혀 있었다. 초록대문 집 옆으로 캠프장으로 썼던 건물이 보였다.

닥터쌩은 굳게 닫힌 초록대문을 밀었다. 문은 생각보다 쉽게 열렸다. 닥터쌩이 마당 안으로 성큼 들어갔다. 그러고는 뒤돌아보며 따라오라는 눈짓을 보냈다.

"집 구조가 간단하지? 일자형이야. 방 세 개에 마루가 있고, 마루 옆에 주방으로 나가는 문이 있어. 주방은 현대식으로 개조되어 있어. 그리고 저기가 화장실."

닥터쌩이 턱으로 마당 끝을 가리켰다. 감나무가 우뚝 서 있고 그 아래로 화장실이 있었다. 화장실과 안채 사이의 마당은 밖에서 봤을 때보다 더 넓었다. 눈으로 덮여 있어 더 넓게 보이는지도 모르겠다.

"내일 방 세 개와 주방 그리고 화장실 모두를 돌아볼 거야."

닥터쌩이 메고 있던 배낭에서 막걸리를 꺼냈다.

"한잔하시지요."

닥터쌩은 마당에 막걸리를 뿌렸다. 그런 다음 성큼성큼 안채로 걸어갔다. 뿌드득뿌드득. 눈 밟는 소리가 울려 퍼졌다.

조금의 망설임도 없이 마루로 올라간 닥터쌩은 중간에 있는 방문을 벌컥 열었다. 그러고 나서 그 옆의 방문도 열고 나머지 방문도 열었다. 그리고 주방 문도 열었다.

"가까이 와서 봐."

닥터쌩이 소리쳤다. 그때였다. 서린이가 내 손을 꽉 잡았다. 서린이 손은 얼음처럼 차가웠다. 그리고 그 손에서 시작된 떨림이 내 몸에도 고스란히 전해졌다.

닥터쌩이 다시 소리쳤다.

"가까이 오라니까."

"괘, 괘, 괜찮아요. 여, 여기서도 다 보, 보여요."

서린이가 울먹였다.

해초는 죽고 나서 며칠 뒤에 발견되었다. 해초가 집을 나가고 정확하게 일주일이 지난 시점이었다. 그러니까 캠프에서 돌아오고 나서 보름 뒤였다. 해초가 집을 나갔다는 소식을 알게 되었을 때 아이들은 해초가 곧 돌아올 거라고 믿었다. 우리 반 단톡방에서 해초가 죽을지도 모른다는 말을 한 사람은 단 한 명도 없었다. 하루가 멀다 하고 인터넷에서 볼 수 있는 흔하디흔한 기사가 우리 학교 아이에게 일어났다는 것을 신기해할 뿐 심각하게 받아들이지 않았다. 아이들은 별일 아닌 듯 받아들이면서도, 그리고 해초가 빨리 돌아오기를 기다리고 걱정하면서도 뒤로는 이중적인 모습을 보였다. 저희끼리 개인톡으로 그날 밤 일을 숙덕거렸다. 그 일 때문에 해초가 가출한 거라고 그날 밤 일을 꺼내 들었다. 해초가 며칠 만에 집으로 돌아올 건지 내기하는 아이들도 있었다.

엄마들도 마찬가지였다. 큰 목소리로 말할 때는 안타까워했다. 내 아이 일 같다면서 슬퍼했다. 하지만 목소리를 낮추고 하는 말은 달랐다. 어른들과 아이들이 아무렇지도 않게 입에 올리고 내리던 그 일이, 다들 흔하디흔한 일이라고 여겼던 그 일이 해초를 죽게 했다.

나도 마찬가지였다. 시간이 지나면 해초가 그 일을 잊을 거라고 생각했다. 그 일로 해초가 죽을 거라고는 꿈에도 생각하지 못

했다. 그리고 나 역시 시간이 지나면 그 일을 잊을 거라고 믿었다. 악몽을 꾸다 깨어나면 제발 시간이 빨리 가서 그 기억이 내 머릿속에서 사라지기를 간절히 바랄 뿐이었다.

해초는 그날 밤 그 일이 있던 집에서 죽었다. 바로 여기다. 초록 대문 집. 캠프장으로 썼던 그 건물에서 낮은 담장 너머로 보이던 이곳.

가운데 방구석에 쪼그리고 앉아 있는 해초가 보이는 듯했다. 겁먹은 눈동자가 보이는 것만 같았다. 나는 두 눈을 질끈 감았다.

"저번에 영혼을 마루에서 봤거든. 하지만 안방에서 기운이 세게 느껴져. 아, 밤에는 방향감각을 잃기 쉬워. 더듬이가 없는 곤충 꼴이 된다는 거지. 잘 봐 둬. 구조가 아무리 단순해도 놀라면 우왕좌왕하면서 엉뚱한 곳으로 뛰어 들어가거든. 특히 저기 화장실 말이야. 화장실은 개조하지 않았어. 저기로는 절대 들어가지 마라. 빠질 수도 있거든. 한번 볼래?"

"아니요."

서린이가 고개를 저었다. 그러더니 내 손을 더 꽉 잡았다.

"이제 그만 가요. 볼 거 다 봤어요."

닥터쌤은 눈앞에 누군가 보이는 것처럼 손을 흔들며 말했다.

"내일 올게요. 내일 밤에 만납시다."

닥터쌤의 경차가 움직이는 순간 눈발이 그쳤다. 하늘은 거짓말처럼 순식간에 파란 얼굴을 내밀었다. 쨍한 하늘과 마주하자 공연히 콧날이 시큰해졌다.

"캠프 마지막 날이라고 했지? 그 사건이 일어난 게."

닥터쌤이 물었다. 서린이는 대답하지 않았다. 나도 대답하지 않았다. 서로에게 대답을 미루듯 창밖만 내다봤다.

그날은 6박 7일 캠프의 마지막 날이었다. 배낭여행으로 지구를 몇 바퀴나 돌았다는(그게 가능한지 지금도 궁금하다) 여행가의 강의가 마지막 순서였는데, 강의가 시작되는 오후 두 시경부터 비가 내렸다. 비가 내리기 시작한 시간까지 정확하게 기억하는 이유가 있다. 강연을 시작한 여행가가 창밖을 바라보며 자신은 비를 몰고 다니는 사람이라고 말했다. 폭우 때문에 어딘가에 고립된 적도 있었고 크고 작은 사고로 곤란을 겪은 적도 많았다고 했다.

강의가 끝난 것은 네 시쯤이었다. 캠프파이어는 비 때문에 취소되었다.

"신고는 바로 했니? 경찰이 바로 왔어?"

닥터쌤 목소리에 나는 정신이 번쩍 들었다. 후드득! 빗줄기가 차창을 내리쳤다. 다시 비가 쏟아지기 시작했다.

"아뇨."

서린이가 대답했다.

"경찰이 바로 안 왔어?"

"신고를 안 했거든요."

"왜?"

"그건 잘 모르겠어요. 우리는 그런 걸 신고해야 하는 건지 어떤 건지 잘 몰랐어요. 신고했어야 하는 건가요?"

이번에는 서린이가 닥터쌩에게 물었다.

"당연히 했어야지."

"그런데 그때 왜 어른들은 신고하지 않았을까요? 해초도 신고 하는 걸 원했을까요?"

서린이가 연극 대사를 외우듯 중얼거렸다.

"그런데 만약 말이에요. 신고했다면 결과가 달라졌을까요? 해초 가 죽지 않았을까요?"

"그건 아무도 모르지."

이십 년이 다 된 닥터쌩의 경차가 천천히 고속도로 톨게이트를 통과했다.

이름이 적힌 쪽지

밤새 악몽에 시달렸다. 누군가에게 계속 쫓겼다. 가파른 바위를 겨우겨우 올라가 이제 살았다고 안도의 숨을 내쉴 때면 나는 영락없이 초록대문 집 마당에 서 있었다. 눈을 번쩍 뜨고 마음을 가라앉힌 다음 다시 잠이 들면 또 비슷한 꿈을 꿨다.

"신고를 했다면 결과가 달라졌을까요?"

서린이 목소리도 밤새 들렸다. 그날 캠프에 참가했던 캠프 스태프들과 아이들이 다른 선택을 했더라면 해초의 선택도 달랐을까? 그랬을 수도 있다는 생각이 들 때마다 명치끝이 따끔거렸다.

나는 창밖이 훤히 밝아 올 무렵 얼핏 잠이 들었다가 방문 여는 소리에 눈을 번쩍 떴다.

"아직 자는 거니?"

엄마였다.

"그만 일어나. 열 시야. 열한 시까지 경찰서에 가야 해."

"경찰서?"

"휴, 끝난 줄 알았는데 왜 또 부르는 건지 모르겠다. 참고인이라고는 하지만 이제 고작 중학생인 아이를 이런 식으로 자꾸 경찰서로 부르는 게 옳은 건지. 이러다 도수 네가 트라우마라도 생기면 경찰이 책임져 주는 것도 아니잖니. 아무튼 오라니까 가긴 가야지. 생일파티는 몇 시에 하는 거니? 그 전에 올 수 있겠지. 저번처럼 두 시간도 넘게 붙잡아 놓고 물어본 거 또 물어보고 물어본 거 다시 물어보면 나도 가만 안 있을 거야. 같은 캠프에 갔던 게 잘못도 아니고 죄도 아닌데. 솔직히 따지고 보면 캠프에 갔던 아이들 모두 피해자 아니니. 다들 평범한 일상으로 돌아가려면 시간이 필요하게 생겼잖아. 어서 일어나."

아빠는 경찰서에 간다는 말을 듣고 펄펄 뛰었다.

"왜 자꾸 오라 가라야? 그것도 일요일에."

아빠는 경찰이 앞에 있는 것처럼 삿대질을 하며 화를 냈다. 아빠가 찾아낸 캠프에 가는 바람에 이런 일이 생겼고 엄마한테 면목이 없으니까 일부러 더 그러는 거 같았다.

"평일하고 토요일에는 학원에 가야 한다고 하니까 일요일에도 괜찮다고 하더라고. 그리고 보면 우리나라 공무원들 진짜 열심히 일해. 일요일에도 일하고 말이야."

엄마가 비꼬듯 말했다.

"저는 보호자로 참고인 조사하는 데 동석해야겠어요. 엄마로서 우리 아이를 지켜야 할 의무가 있으니까요."

엄마는 경찰서에 가서도 내 옆에 달라붙어 떨어지지 않았다.

"그날은 캠프 마지막 날인데 비가 쏟아졌고, 그래서 예정되어 있던 캠프파이어를 못 했다잖아요. 그래서 실내에 모여 간단하게 다과회 정도, 아니 뭐 춤도 추고 놀았다니까 오락 시간이라고 해야 하나, 아무튼 그러고 놀았다잖아요. 노느라고 정신이 없다 보면 아이 하나 없어진 것은 모를 수도 있는 거 아닌가요? 오늘도 해초가 없어진 걸 왜 몰랐느냐는 질문을 하면 제가 화낼 거예요."

엄마는 경찰이 말을 꺼내기도 전에 숨도 쉬지 않고 말했다.

"그게 아니고요."

경찰이 서랍을 열더니 꼬깃꼬깃한 쪽지 한 장을 꺼내 내밀었다.

"이게 뭔가요?"

엄마가 턱을 치켜들고 곁눈으로 쪽지를 힐끗 바라봤다.

"해초 학생의 부모님께서 가지고 오셨어요. 해초 휴대폰 케이스 뒤쪽에 들어 있었다고 해요. 미처 발견하지 못했던 거죠."

"그런데요? 이 쪽지가 왜요? 이 쪽지에 우리 아이 이름이 적혀 있기라도 한 건가요?"

엄마는 여전히 곁눈으로 쪽지를 흘겨보며 물었다.

"예."

"예?"

44

엄마는 경찰이 들고 있는 쪽지를 빼앗듯 낚아채 펼쳐 들었다. 구겨진 쪽지에는 내 이름이 파편처럼 흩어져 있었다. 엄마는 당황한 표정이 역력한 얼굴을 두 손으로 박박 문지른 다음 자세를 고쳐 앉았다.

"우리 아이 이름이 왜 여기에 적혀 있을까요?"

엄마는 침착하게 물었다.

"그건 저도 모르죠. 장도수 학생, 해초랑 친한 사이였니? 그냥 아무 의도 없이 물어보는 거니까 어머니는 화내지 마시고요. 같은 반이었으니까 친할 수도 있는 거니까요."

"친했니?"

엄마가 콧잔등을 찡그리며 물었다. 친하지 않을 거라고 팔짝 뛰고 싶은데 내 이름이 적힌 쪽지가 있으니 그럴 수도 없는 엄마 마음이 얼굴 표정에 고스란히 드러났다.

"친하지는 않았어요."

나는 고개를 저었다.

"우리 아이는 서린이라는 아이와 친해요."

엄마는 내가 그 말을 하기를 기다렸다는 듯 말했다. 다 좋은데 왜 자꾸 서린이와 엮으려고 하는지 모르겠다. 엄마는 저 대답이 얼마나 유치한지 모르는 걸까.

"혹시 다툰 적은 있니?"

경찰이 다시 물었다.

"무슨 말씀을 그렇게 하세요? 우리 아이가 친구들하고 싸우는 아이로 보이세요? 어릴 때부터 단 한 번도 친구들과 다퉈 본 적 없는 순하디순한 아이예요. 뭐, 해초라는 아이가 우리 아이를 혼자 좋아했을 수도 있겠네요. 좋아하는 아이 이름은 공연히 써 보고 싶고 그런 거 아닌가요? 그래서 이름을 썼다가 지우고 다시 써 보고, 이런 경험 다들 있잖아요. 경찰관님도 그러지 않으셨어요?"

"글쎄요. 저는 그런 경험이 없어서요. 하지만 어머니 말씀을 듣고 보니 그럴 수도 있겠군요."

"그럼요, 그럴 수도 있죠. 해초가 우리 아이를 혼자 좋아했던 거까지 우리 아이가 책임질 일은 아니잖아요? 그럼 저희는 그만 가봐도 되죠? 가자."

엄마가 내 옆구리를 찌르며 말했다.

"해초 학생과 특별한 일 같은 건 없었니? 기억에 남는 일 같은 거."

경찰이 물었다.

"예, 없어요."

해초와 나 사이에 일어난 일은 아무것도 없다.

"없다잖아요."

엄마가 강조했다.

"저기, 그런데 말입니다. 해초 학생 부모님이 타살 가능성을 제기하고 계세요. 해초 학생은 그런 일이 있었다고 해서 나쁜 생각을 할 정도로 연약한 아이가 아니라면서요. 캠프에 다녀온 후에는 상담도 받았고 상담 내용도 긍정적이었거든요. 사건을 다시 처음부터 수사해 주었으면 좋겠다고 했어요. 장도수 학생 이름이 적힌 쪽지가 나와서 참고로 도수 학생을 보자고 한 겁니다. 그만 돌아가셔도 좋습니다."

"타살이요?"

엄마가 얼굴을 찡그렸다.

"부모 입장에서는 당연히 작은 의혹이라도 있으면 짚고 넘어가고 싶겠죠. 하지만 저도 부모 입장에서 말씀드리는데요, 더 이상 우리 도수를 부르지 않았으면 좋겠어요. 궁금한 게 있으시면 전화로 물어보시고요. 꼭 얼굴을 마주 보고 물어봐야 하는 건 아니잖아요. 진심으로 바라는 건 우리 도수한테 더 이상 궁금한 게 없었으면 하는 거예요. 그럼 가 볼게요."

엄마가 벌떡 일어났다.

"해초랑 친했던 거야?"

경찰서 입구를 나서기 무섭게 엄마가 물었다. 그런 게 아니라고 말해도 엄마는 믿지 않았다. 그러면 왜 해초가 내 이름을 쪽지에 적어 휴대폰 케이스에 넣어 두었냐고 말이다. 경찰 앞에서는 해초가 나를 혼자 좋아했을 수도 있다고 말하더니 그럴 가능성은 제로에 가깝다고 했다. 인정한다. 해초가 나 같은 아이를 좋아했을 리 없다. 남한과 북한이 이념으로 갈라져 휴전선이라는 장벽이 있듯 학교 안에도 장벽이 있다. 아이들은 눈에 보이지 않는 성적의 장벽으로 갈라져 있다. 성적의 장벽은 이념의 장벽 못지않게 견고하다. 해초와 나 사이에도 그런 장벽이 있었다.

"타살 가능성으로 처음부터 수사를 다시 한다면 또 몇 번 더 부르겠네. 부를 일이 생겼는데 안 부르겠니? 아마 전화로 물어보진 않을 거야. 아휴, 정말 신경 쓰여 살 수가 없네."

엄마는 타살 가능성이라는 말을 아무렇지도 않게 했다. 나는 경찰에게 그 말을 듣는 순간 숨이 멎는 줄 알았다.

"엄마는 아무렇지도 않아?"

나는 엄마에게 물었다.

"뭐가?"

"타살 가능성이 있다는 말을 들었잖아? 그런데도 아무렇지 않냐고?"

엄마는 대답 대신 아랫입술을 질끈 깨물었다.

"왜 아무렇지도 않아? 나도 놀랐지. 하지만 장도수! 엄마는 장도수 네 엄마야, 엄마. 무조건 너를 지켜야 해. 그러기 위해서는 정신 바짝 차려야 하고."

엄마는 아빠에게 전화해서 쪽지 이야기를 하며 화를 냈다. 왜 많고 많은 캠프 중에 하필이면 그 캠프였느냐고 원망했다. 스피커폰 너머로 아빠 한숨 소리가 들렸다.

"평생 안고 가야 할 원망이군. 아이고, 어머니, 왜 저에게 그런 유언을 남기셨어요."

아빠는 처음으로 할머니를 원망했다.

나는 엄마를 물끄러미 바라봤다. 해초는 죽었다. 나는 살아 있다. 중요한 건 바로 그거다. 해초는 죽었고 나는 살아 있다는 거. 엄마가 죽은 해초는 안중에도 없이 나를 감싸는 게 어쩐지 대단한 모순으로 여겨졌다. 내 이름이 적힌 쪽지가 나왔는데도 해초가 나를 좋아한 걸로 간단히 몰고 가는 엄마의 능력이 대단했다. 하긴 해초가 죽은 마당에 입을 다물고 있는 나 자신도 모순덩어리기는 하지만. 타살 가능성이라는 말을 듣고도 나는 뻔뻔하게 입을 다물고 있었다.

"너 다른 아이들한테는 비밀로 해."

엄마는 아빠에게 한참을 퍼부어 댄 다음 전화를 끊으며 말했다.

"뭘?"

"뭐긴 뭐야? 쪽지 말이지."

"내가 비밀로 한다고 비밀이 돼? 해초 엄마 아빠도 있고 경찰도 있는데."

"아무튼 너는 비밀로 해. 공연히 이상한 소문난단 말이야."

엄마가 소리를 질렀다.

"무슨 소문?"

"몰라서 물어? 해초 엄마 아빠가 타살 가능성을 제기했다잖아? 수사를 처음부터 다시 하길 원한다잖아? 네가 용의자로 몰릴 수도 있다는 말이야. 약간의 이상한 점만 있어도 경찰은 물고 늘어질 텐데, 쪽지에 네 이름을 써서 보관했는데 그게 작은 일이니? 소문나면 좋을 거 하나도 없어. 입 딱 다물어."

"용의자?"

"네가 범인으로 의심받을 수도 있다는 말이야."

무슨 그런 끔찍한 말을. 나는 뒤통수를 얻어맞은 듯 멍하니 엄마를 바라봤다.

"그게 세상이야. 정신 똑바로 차리지 않으면 언제 어느 때 무슨 일을 당할지 모르는 게 세상이라고."

나는 입을 다물었다. 해초는 왜 내 이름을 쪽지에 적었을까. 쪽지가 구겨져 있었다는 것은 이름을 쓴 쪽지를 버릴까 말까 망설였다는 뜻이다.

캠프의 마지막 날 밤, 저녁을 먹고 나자 폭우가 쏟아졌다. 나는 그 비를 뚫고 밖으로 나가야 하나 어쩌나 망설이고 있었다. 그러다 참지 못하고 밖으로 나오기는 했지만 가로등도 없고 폭우까지 쏟아지는 밤은 칠흑처럼 어두웠다. 나는 그날 검은색 트레이닝복을 입고 있었고, 캠프장 입구 문 앞에 세워져 있던 누군가의 우산을 집어 들고 나왔는데 우산 역시 검은색이었다. 내가 거기에 서 있었던 것을 해초는 절대 알 수 없다. 쪽지에 내 이름을 쓴 것과 그 일은 전혀 상관없을 거다. 그럼 왜 해초는 내 이름을 적어 휴대폰 케이스에 보관했을까.

"왜 대답 안 해?"

엄마 말에 나는 정신이 퍼뜩 들었다.

"응?"

"서린이한테도 말하지 말라고."

"엄마, 내가 서린이랑 친한 줄 알아? 안 친해. 서린이랑 같이 다니는 거 다 엄마가 엮어서 그렇게 된 거야. 엄마가 서린이 참가비까지 대 줬다면서? 그 전까지는 학교에서 말도 별로 안 하는 사이였다고."

"친하지 않으면서 친구 생일파티에는 왜 같이 가니? 생일선물 사러 가는 데는 왜 같이 가?"

"엄마 때문에 그렇게 됐다니까. 아무튼 서린이랑은 안 친해. 그러니까 걱정하지 마."

더 길게 말하고 싶지 않았다. 엄마는 무슨 말인가 더 하려다 말았다.

집으로 돌아왔을 때 서린이에게 문자가 왔다. 아무래도 오늘 못 갈 거 같다는 문자를 보는 순간 찬물을 뒤집어쓴 듯 정신이 확 들었다.

―그럼 나 혼자 가란 말이야?

―너도 가지 마.

―해초 영혼이 용서하지 않을 거라면서?

―나중에, 나중에 갈 거야. 도수 네 말대로 마음의 준비가 된 다음에. 지

금은 마음의 준비가 안 된 거 같아.

—좋아, 그럼 나도 안 가. 네가 먼저 안 간다고 했으니까 닥터쌤에게 네가 문자해. 나는 답사까지 갔다 오고 나서 못 간다는 말은 못 해.

솔직히 말하면 닥터쌤과 통화했을 때 원하지 않는 말이라도 들을까 봐 겁이 났다. 원하지 않는 말이 뭐라고 꼭 짚어 말할 수는 없지만 말이다.

한참 후에 서린이에게 문자가 왔다.

—닥터쌤에게 문자가 왔는데 안 가면 안 된대. 어제 영혼에게 약속하고 왔기 때문에 꼭 가야 한대. 영혼이 우리를 기다리고 있을 거래. 영혼은 사람보다 성질이 급해서 약속을 지키지 않으면 뒷감당하지 못할 정도로 화를 낸대.

내가 듣고 싶지 않은 말이 뭔지 알았다. 원하지 않는 말이 뭔지 말이다. 영혼이 기다리고 있을 거라는 말, 바로 저 말이다.

서린이는 아무래도 가야 할 거 같다고 했다. 나는 서린이가 어떤 이유로 흔들렸는지, 왜 가고 싶지 않았는지 궁금했다. 하지만 묻지 않았다. 서린이가 내가 원하지 않는 말, 듣고 싶지 않은 말을 할까 봐 겁이 났다. 서린이에게 듣고 싶지 않은 말, 원하지 않는 말이 뭔지는 잘 모르겠지만 말이다.

비옷 입은 남자

닥터쌤을 기다리며 우리 반 단톡방에 들어갔던 서린이 얼굴이 새파랗게 변했다. 서린이는 마른침을 삼키며 휴대폰을 내게 내밀었다.

"수민이가 다쳤대."

"뭐?"

나는 재빨리 휴대폰을 받아 들었다. 수민이는 어젯밤에 자전거를 타다가 싱크홀에 빠졌다고 한다. 날마다 다니는 길에서 말이다.

나와 서린이의 눈이 마주쳤다. 어떻게 이런 일이……. 우연이라고 하기에는 상황이 절묘했다. 싱크홀이라는 게 언제 어디에서 나타날지 모르는 거고, 또 누가 빠질지 예상할 수도 없는 일이지만 하필이면 수민이가, 또 하필이면 지금 상황에서 씽크홀에 빠졌다는 것은 결코 우연이 아닌 것 같았다. '해초랑 연관된 거 같지 않니?' 서린이 눈빛이 그렇게 물었다. 나는 얼른 고개를 돌렸다. 가슴이 사정없이 뛰었다. 촘촘하고 질긴 그물망에 들어앉은 느낌이었다. 그리고 함부로 그물망 밖으로 나가려고 발버둥 치면 안 된다는 생각도 들었다.

"설마 내 악담 때문에 이런 일이 일어난 건 아니겠지?"

서린이 목소리가 떨렸다. 나는 대답하지 못했다. 어쩌면 그럴 수도 있다는 생각이 들었다.

"그럼. 절대 아닐 거야. 악담한다고 해서 말하는 대로 이뤄지면 이 세상에 제대로 살아가는 사람이 몇 명이나 있겠어, 안 그래? 내가 뒤통수를 보며 '죽어 버려라' 하고 말한 사람만 해도 열 명은 넘거든. 그 사람들이 다 죽겠어? 말도 안 되지, 그치?"

서린이 눈빛이 얼마나 간절한지 대답하지 않을 수 없었다. 대답해 주지 않으면 금방이라도 울음을 터뜨릴 거 같았다. 하지만 그렇다고 해서 거짓말을 하고 싶지는 않았다.

"악담 탓일 수도 있지. 내가 너한테 악담을 들었을 때 정말 그대로 될 거 같아서 소름이 돋았거든."

이 말은 사실이다.

"뭐래?"

서린이가 소리를 빽 질렀다.

그때 닥터쌤이 나타났다. 이십 년이 다 된 닥터쌤의 경차는 그 사이 세차를 했는지 어제보다는 때깔이 나아 보였다.

"다른 사람은 거기로 바로 오기로 했어."

묻지도 않았는데 닥터쌩이 말했다.

"내가 가는 곳마다 매번 라이브를 하지는 않는다는 건 알고 있지? 초록대문 집은 저번에 처음 방문 때 라이브를 했어. 그때는 영혼에 대한 정보가 없었거든. 하지만 오늘은 라이브 안 할 거다."

닥터쌩은 어쩐지 들떠 보였다. 지난번에 만났을 때보다 말이 많았고 목소리 톤도 높았다.

"기분 좋은 일 있으세요?"

서린이가 가라앉은 목소리로 물었다.

"글쎄다. 이런 걸 기분 좋다고 표현해야 하는 건지 잘 모르겠지만 말이다. 어젯밤에 초록대문 집 영혼을 꿈에서 만났거든. 가지런한 머리랑 옷차림으로 보아 꽤 점잖아 보였어. 점잖지 못한 영혼을 만나는 일은 에너지를 몇 배나 써야 할 만큼 힘들거든. 다행이지. 거기에다 말도 잘 통할 거 같은 느낌을 받았지. 그러는 너는 기분이 영 별로로 보인다. 뭐 안 좋은 일이라도 있니?"

"아니요. 안 좋은 일 같은 거 없어요."

서린이가 지나치다 싶을 정도로 날카롭게 대답했다. 닥터쌩이 어깨를 으쓱 올렸다.

"그런데요, 부탁이 있는데요. 라이브를 하지 않아도 우리가 초록대문 집에 다녀갔다는 건 나중에라도 밝혀 주세요. 사람들은 우리를 궁금해하거든요."

서린이가 말했다. 닥터쌩이 또 어깨를 으쓱했다. 잠시 침묵이 흘렀다. 고요한 가운데 오래된 경차 소리만 고스란히 들렸다. 경차와는 전혀 어울리는 않는 굉음이 났다. 서린이가 입술을 질끈 깨물었다. 미친 듯 달리고 싶으면 차 좀 바꾸라는 말을 당장이라도 내뱉을 거 같았다.

"어떻게 그렇게 영혼과 친해요?"

서린이는 뜻밖의 질문을 했다.

"무당의 유전자가 흐르고 있으니까. 하지만 내가 무당은 아니야. 무당은 신내림을 받아야 하는데 나는 받지 않았어. 외할머니와 엄마가 무당으로 사는 걸 옆에서 봐서인지 정말 싫더라고. 무당, 되게 불쌍해. 허구한 날 다른 이들의 고민을 들어 주고 엉킨 일들을 풀어 줘야 하거든. 자신의 삶은 없어. 신의 제자이고 세상 사람들의 고민 창구일 뿐이지."

"대신 돈 많이 벌지 않아요? 유튜브에 족집게 무당 되게 많잖아요. 동자신, 할아버지신, 할머니신, 온갖 신들을 모신다는 무당들 말이에요. 점 한 번 보는데 되게 비싸던데요. 굿인가 뭔가를 한 번 하려면 몇백만 원은 기본이라고도 하고요. 문제는 사기꾼도 많다는 거죠. 유튜브에도 자기들끼리 조작질하며 사기 치는 점쟁이들 되게 많다더라고요."

"어느 직업이든 사기 치는 인간들은 꼭 있기 마련이지. 모두 다 정직하게 살면 얼마나 좋겠니? 그렇게 되면 억울한 영혼도 없을 테고 말이야. 그야말로 살아서나 죽어서나 살기 좋은 세상이 될 텐데, 안 그러냐? 그나저나 점심은 먹고 나온 거니? 나는 오늘 바빠서 점심을 못 먹었거든. 휴게소에서 뭣 좀 먹고 갈까?"

닥터쌤은 이미 휴게소로 진입하고 있었다.

닥터쌤은 구운 감자와 우동 그리고 김밥을 먹었다. 서린이는 점심을 먹고 왔다면서 아무것도 먹고 싶지 않다고 했다. 나도 뭘 먹을 기분이 아니었다.

"궁금한 게 있는데요."

서린이가 우동 발을 빨아들이는 닥터쌤을 빤히 보며 물었다. 우동 발을 빨아들이는 모습이 거의 청소기 수준이었다.

"물어봐."

"영혼의 저주 같은 거 진짜 있나요? 영혼이 화가 나면 진짜로 저주 같은 걸 내려요?"

닥터쌤은 입안 가득 찬 우동을 한꺼번에 꿀꺽 삼키며 고개를 끄덕였다.

서린이는 화장실에 간다면서 일어났다. 나도 화장실에 간다고 말하고 밖으로 나왔다. 벤치 옆에 우두커니 서 있는 서린이 옆으로 다가가 섰다. 먼 하늘 끝으로 검은 구름이 몰려오고 있었다.

"수민이 개 원래 잘 덤벙대. 일 학년 때는 쉬는 시간에 뭘 하다가 인대도 끊어졌잖아? 앞니 나간 적도 있고."

서린이가 말했다. 싱크홀 사건이 절대 자신의 악담 탓이 아니라고 말하고 싶은 모양이었다.

"맞아. 수민이 되게 덤벙대. 축구 하다가 수민이 때문에 우리 팀이 몇 번이나 졌거든. 덤벙대는 바람에."

서린이 말에 맞장구를 쳐 주지 않으면 안 될 거 같았다. 내 말에 서린이 얼굴이 환해졌다.

초록대문 집 앞에 거의 도착했을 때 차창에 빗방울이 떨어졌다. 이미 밖은 칠흑처럼 어두워졌다. 닥터쌤은 더듬더듬 이십 년이 다 된 경차를 주차했다.

닥터쌤이 내리고 나서도 나와 서린이는 차 안에 우두커니 앉아 있었다. 닥터쌤이 랜턴을 켰다. 가랑비가 안개처럼 흩날렸다. 랜턴 불빛에 초록대문 집의 윤곽이 드러났다. 초록대문 집은 안개 속에서 꿈틀거리는 벌레 같았다.

그때였다. 랜턴 불빛과는 비교되지 않는 환한 빛이 우리 쪽으로 쏟아졌다. 자동차 엔진 소리도 들렸다. 잠시 후 자동차 한 대가 다가와 닥터쌤의 경차 옆에 바짝 붙어 섰다.

"저 왔습니다."

검은 비옷을 입은 남자가 차에서 내렸다. 덩치가 엄청 컸다. 비옷에 달린 깊고 큰 모자가 남자의 얼굴 반을 가리고 있었다. 긴 비옷이 남자의 발목까지 덮고 있었다.

"대단한 준비성이시네요. 비옷까지 챙겨 입고 오신 걸 보면."

닥터쌤이 말했다.

"제가 비를 굉장히 싫어하거든요. 어렸을 때부터 비를 맞고 나면 사흘 정도 아팠어요. 감기에 걸리거나 몸살이 나요. 좀 이상한 체질이죠. 그래서 평상복보다 비옷이 더 많아요. 기능성 비옷 신제품이 나오면 무조건 사요. 그런데 오늘 두 명 더 온다고 하지 않았나요?"

"차 안에 있습니다. 야, 내려."

닥터쌩이 소리쳤다.

"자."

서린이가 뭔가를 까서 입에 넣고 나에게도 하나 내밀었다.

"청심환이야, 먹어. 이걸 먹으면 떨리는 게 좀 나아진다더라. 무슨 일이 생기면 적어도 기절은 하지 않을 거야."

나는 청심환을 받아 까먹었다.

"어? 학생들이네요?"

비옷을 입은 남자가 말했다.

"예, 그날 캠프에 참가했던 학생들이에요."

닥터쌩이 대답했다.

"아하, 그래요? 오라! 저번 방송에서 영혼이 나타나 아이들이 오면 어쩌고저쩌고하는 거 같던데 그 아이들인가요? 아, 어쩌고저쩌고라고 말해서 혹시 기분 나쁘신가요? 제 말투가 원래 좀 그렇습니다. 마음은 그렇지 않아요. 그러니 오해하지 마시길 바라요."

가만! 저 목소리, 목소리가 낯익었다. 어디서 들은 목소리인지 누구인지 기억나지 않았지만 분명 낯설지 않았다. 나는 비옷 입은 남자와 마주 섰다. 남자는 불빛을 등지고 있어서 얼굴이 보이지 않았다. 꿀꺽! 서린이가 청심환을 씹어 삼키는 소리가 들렸다. 청심환이 넘어가다 걸린 듯 서린이가 흡! 소리를 냈다.

"이름은?"

비옷 입은 남자가 물었다.

"저요?"

"둘 다."

"우리 이름은 알아서 뭐 하게요?"

서린이가 끼어들었다. 그러고는 내 손을 꽉 잡았다.

"이름 좀 알자는데 뭘 그렇게 까칠하게 대꾸하나? 말하기 싫으면 안 하면 되는 거지."

"절대 이름을 말하지 마. 절대."

서린이가 내 귀에 대고 속삭였다.

닥터쌩은 마루와 방이 정면으로 보이는 곳에 랜턴을 내려놨다. 뿌연 가랑비가 불빛을 따라 춤을 추었다.

"알고 있겠지만 이건 EMF 측정기라는 거다. 기본 수치 이상이 되었을 때 소리가 나지. 자기장과 영혼이 감지되면 수치가 올라가고 울리게 되어 있어."

"굳이 하나하나 설명하지 말고 그냥 닥터쌩 방식대로 하세요. 우린 지켜볼게요. 영혼이 정말 있는 건가요?"

비옷 입은 남자가 뒤에서 말했다. 어디서 들었던 목소리더라?

"확인하러 오셨으면 확인하세요. 영혼이 있는지 없는지 영혼이 말해 줄 테니까요."

닥터쌩이 천천히 마루로 다가갔다. 그리고 마루 위로 한 발을 올려놨다. 그 순간이었다.

삐삐삐삐삑~

요란하게 소리가 울렸다.

"측정기가 울려요. 기운이 느껴져요. 아, 설명하지 않아도 된다고 했는데 저도 모르게 말하고 있네요. 방송하는 게 습관이 되어서요. 그냥 저 편한 대로 할게요. 그럼 이번에는 고스트박스 안테나를 올려 볼게요. 고스트박스는 영혼이 하고 싶은 말을 잡아서 송출해 줘요."

닥터쌩은 마루 위로 완전히 올라갔다. 그러고는 중간방 문을 천천히 열었다. EMF 측정기가 더 요란해졌다.

"누구야? 장롱에서 나와 봐."

닥터쌩이 소리쳤다.

지지지직 지지직.

닥터쌩의 질문에 대답이라도 하듯 고스트박스에서 잡음과 함께 정체를 알 수 없는 소리가 들렸다.

"나가라고? 나가라고만 하지 말고 정체를 확실히 드러내 보라니까. 왜 오늘은 무턱대고 화를 내는 거야?"

닥터쌩이 뒷걸음쳤다.

"진정해. 화내지 말고 진정하라고. 으악!"

주춤주춤 뒷걸음치던 닥터쌩은 몸의 중심을 잡으려는 듯 두 손을 마구 휘저었다. 그러다 뒤로 벌렁 넘어지며 마루에서 떨어졌다. 어떻게 해, 아아아아아, 서린이가 신음 소리를 내며 내 손을 더 세게 잡았다.

닥터쌩은 한참 동안 일어나지 못했다. 꿈틀거리는 닥터쌩을 보니 심장이 터질 듯 뛰었다. 닥터쌩이 영원히 일어나지 못할 수도 있다는 불길한 마음이 들었다.

"왜 저래? 설마 죽은 거야?"

비옷 입은 남자가 중얼거렸다.

얼마 후 닥터쌩이 엉거주춤 일어났다. 휴우, 나는 그제야 안도의 숨을 내쉬었다. 닥터쌩은 비틀거리며 랜턴을 집어 들었다.

"오늘은 철수해야겠어. 방에 들어오지도 못하게 막고 있어. 뭔가 단단히 화가 난 거 같은데 이유를 모르겠네. 어제도 이런 기운은 느끼지 못했거든. 아주 점잖은 영혼이라고 생각했는데 무슨일이지? 아무튼 일단 철수."

"그냥 철수하자고? 말도 안 돼. 여기까지 왔는데 그냥 갈 수는 없잖아? 다시 한번 시도해 봐요. 영혼이 진짜 있다는 증거를 찾아 보라고."

비옷 입은 남자가 말했다.

"증거요? 지금 봤잖아요? 강하게 막고 있어요. 이런 날은 그만 두는 게 나아요."

"뭔 말도 안 되는 소리야? 혼자서 떠들다가 마루에서 떨어진 게 증거라고? 영혼이 있다는 확실한 증거를 대라니까."

비옷 입은 남자가 닥터쌤에게 성큼성큼 다가갔다. 비옷 입은 남자는 두 팔을 벌려 가로막는 닥터쌤을 제치고 마루 위로 성큼 올라갔다. 그러고는 중간방 문 앞에 섰다. 바람이 불었다. 바람 따라 랜턴 불빛이 흔들렸다. 비옷 입은 남자의 그림자도 불빛 따라 흔들렸다. 비옷 입은 남자는 중간방 안으로 머리를 들이밀었다.

"뭐가 막는다는 말인지. 누가 화났다는 거야? 나는 아무렇지도 않은데?"

비옷 입은 남자는 방 안을 휘 둘러본 다음 마루에서 펄쩍 뛰어내렸다. 그러고는 닥터쌤에게 말했다.

"사기 그만 치고 갑시다."

비옷 입은 남자는 대문을 향해 걸어가며 이야기했다.

"방송은 교묘하게 속일 수 있을지 몰라도 직접 눈앞에서 그럴 수는 없겠지."

콰앙!

비옷 입은 남자가 대문을 나서는 바로 그 순간이었다. 중간방 문이 부서질 듯 요란한 소리를 내며 닫혔다. 모두의 눈이 그곳으로 향했다.

"바람 탓이야."

누가 묻지도 않았는데 비옷 입은 남자가 말했다.

콰아쾅!

비옷 입은 남자가 다시 대문을 나서려는 바로 그 순간, 이번에는 닫혔던 방문이 도로 열리며 요란스럽게 벽을 쳤다. 바람은 불지 않았다. 방문이 닫힐 때도 바람은 불지 않았었다.

정적이 흘렀다. 숨소리도 들리지 않았다. 다들 그 자리에 얼어붙은 듯 조금도 움직이지 않았다. 정적을 깬 것은 닥터쌩이었다. 닥터쌩은 나와 서린이에게 대문 밖으로 나가라고 말했다.

"나는 잠깐 영혼을 달래 볼게. 화가 나도 무지하게 많이 난 거 같아."

닥터쌩이 말했다.

"끝까지 사기 치네."

비옷 입은 남자가 콧방귀를 뀌었다.

"으으으악!"

비옷 입은 남자와 나 그리고 서린이가 대문 밖으로 나오고 나서 잠시 뒤 닥터쌩이 바람에 날리듯 대문 밖으로 나오더니 땅바닥에 고꾸라졌다.

"안에서 누가 장풍이라도 쐈나? 연출을 아주 잘하는군. 연출이 아주 훌륭해. 그러니까 구독자가 차고 넘치겠지."

비옷 입은 남자가 비꼬듯 말했다.

"먼저 갑니다."

비옷 입은 남자는 자동차에 올라타며 손을 흔들었다. 그러고는 차창 밖으로 몸을 내밀며 비웃듯 말했다.

"유튜브는 계속해야 할 거 같으니까 오늘 내가 확인한 건 비밀로 해 두지요."

비옷 입은 남자의 자동차 상향등 불빛에 닥터쌩의 얼굴이 고스란히 드러났다.

"아, 피! 코피 나는 거 아니에요?"

닥터쌩은 코피를 흘리고 있었다.

"뒤통수를 제대로 얻어맞은 거 같다."

"누구한테요? 영혼이 때리기도 해요?"

서린이가 마른침을 삼키며 물었다.

"뭐, 경우에 따라서는 그럴 수도 있겠지. 우리도 그만 가자."

집으로 돌아오는 긴 시간 동안 누구도 입을 열지 않았다. 닥터쌩의 이십 년 다 된 경차가 공중 부양을 하듯 떠올라도 서린이는 아무 말이 없었다. 가랑비는 폭우로 변했고 폭우는 다시 가랑비로 변했다. 닥터쌩의 차에서 내릴 때쯤 비는 완전히 그쳐 있었다.

"곧 다음 스케줄 잡도록 하자."

헤어지기 전에 닥터쌩이 말했다.

"아까 그 남자도 또 와요?"

서린이가 물었다.

"그건 나도 잘 모르겠다. 하지만 안 올 확률이 더 높아. 그 남자, 아마도 내 유튜브를 보고 영혼의 존재에 대한 궁금증을 풀어 보려고 왔을 수도 있거든. 흉가 탐험을 하다 보면 그런 사람들 꽤 있어. 오늘 그 남자는 내가 사기꾼이라는 결론을 냈을 거다. 영혼은 존재하지 않는다는 확신을 갖게 되었을 테고. 무슨 일이든 말이다, 단순한 것은 없어. 다 복잡해. 그 복잡한 일의 한 면만 보고 모든 것을 본 듯 착각하는 사람이 많고, 그 남자 역시 그런 사람 중 한 명일 수도 있지."

"그 남자 얼굴 본 적 있어요?"

서린이가 물었다.

"아니, 온라인으로 신청했고 직접 본 건 처음이야. 자, 그럼 조만간 다시 연락할게."

닥터쌩은 피곤한 얼굴로 자동차에 탔다.

비옷 입은 남자의 목소리, 그 목소리를 어디에서 들었는지 생각난 것은 침대에 누웠을 때였다. 나는 도로 벌떡 일어나 앉았다.

캠프파이어가 취소되고 아이들은 그 시간 동안 춤을 추고 놀았다. 나는 망설이다 밖으로 나왔고 가장 한적한 곳을 찾아 더듬더듬 어둠을 헤치고 나갔다. 그리고 가장 아늑한 곳, 누구의 눈에도 띄지 않을 거라는 확신이 드는 담장 밑에 섰다. 주머니에서 담배를 꺼내 어렵게 불을 붙였다. 그러고 나서 몇 초의 시간이 흘렀을까. 빗소리를 뚫고 무슨 소리가 들렸다.

"아이 씨, 들킨 거 아니야?"

불안감이 엄습했다. 학교는 아니라고 하더라도 이런 모습을 들켜서 좋을 건 없었다. 캠프 참가 서약서에 담배를 피우거나 술을 마시지 않는다는 조항이 있었던 것 같았다. 나는 재빨리 담배를 떨어뜨렸다. 담뱃불은 빗물에 순식간에 사그라들었다.

소리는 이어졌다. 쥐어짜는 듯한 목소리, 뭔가에 짓눌려 숨도 제대로 못 쉬는 듯한 목소리, 살려 달라고 말하는 소리가 들렸다. 얼핏 들었지만 분명했다. 나는 집중했다. 소리는 담장 너머 초록 대문 집에서 났다. 어둠에 익숙해진 내 눈은 재빨리 그 집 구석구석을 더듬었다.

쿵.

무슨 소리가 들리는가 싶더니 그 집 마루 위에 사람의 실루엣이 어른거렸다. 엎치락뒤치락하는 실루엣은 한 사람이 아니었다. 엎치락뒤치락하던 실루엣은 금세 다시 안으로 사라졌다. 하지만 목소리는 계속 들렸다.

"살려 주세요."

"가만 못 있어? 가만있어."

나는 안으로 들어와 사라진 아이를 찾았고, 해초가 없다는 걸 알았다. 해초 목소리를 떠올린 나는 깨달았다. 살려 달라며 두려움에 떨었던 것은 해초였다.

갈등했다. 해초가 그 집에 있다는 말을, 뭔가 심각한 일이 일어나고 있다는 말을 해야 하나 말아야 하나. 당연히 알려야 할 거 같았다. 하지만 두 가지가 내 발목을 잡았다. 첫 번째는 담배였다. 그 시간에 비가 쏟아지는데 왜 나갔느냐고 물어보면 둘러댈 말이 없었다. 하지만 담배를 피우러 갔다고 사실대로 말할 용기는 없었다. 두 번째로 두려웠다. 해초와 같이 있던 그 사람이 누구인지 알 수 없었다. 정보가 없다는 것은 두려움을 몇 배로 부풀린다. 어떻게 할까 망설이고 있는데 캠프 대장이 해초가 없다는 걸 알아냈다. 해초는 초록대문 집에서 발견되었다.

해초는 캠프에 참가한 아이들과 캠프 스태프들이 모두 보는 앞에 절대 보여 주고 싶지 않은 모습으로 섰다. 나는 그날 해초 얼굴을 바로 보지 못하고 해초의 발만 바라봤다. 해초 엄지발톱에 초록색 매니큐어가 칠해져 있었다. 반짝반짝 빛나는 매니큐어였다.

그날 신고를 했어야 했나? 그랬다면 결과가 달라졌을까? 하지만 그날 그곳에 있던 아이들과 캠프 스태프 중에 신고하자는 사람은 단 한 명도 없었다. 이런 일은 모른 척해 주는 게 해초를 도와주는 거야. 해초도 그러길 바랄 거야. 그러니까 다들 입 다물자. 입밖으로 그런 말을 꺼내는 사람은 없었지만 무언중에 약속했다.

비옷 입은 남자의 목소리는 그때 들리던 목소리였다. 해초의 간절한 목소리를 단칼에 잘라 조각내던 목소리. 그 남자가 왜 초록대문 집 탐험에 나타난 것일까? 깊숙이 숨어도, 멀리 도망가도 모자랄 판에 말이다.

'내가 잘못 들은 건가?'

나는 집중해서 목소리를 기억해 냈다. 하지만 다시 생각해도 분명했다. 나는 귀의 기능이 다른 사람보다 훨씬 발달한 편이다. 마치 수업 시간에 졸기만 할 아이라는 것을 태어날 때부터 알았던 것처럼 말이다. 나는 목을 꼿꼿이 세우고 눈 뜬 채 잠자는 신통방통한 능력이 있다. 하지만 그것보다 더 놀라운 능력은 자면서도 내 옆으로 다가오는 소리를 정확하게 알아듣는다는 거다. 살금살금 다가와도, 숨죽이며 다가와도 내 귀는 다 알아낸다. 그렇게 큰 목소리를 놓칠 내 귀가 아니다.

'범인은 현장에 다시 나타난다?'

범인들의 심리라고 했다. 비옷 입은 남자가 초록대문 집 탐험에 나타난 것도 그런 심리일 수 있다. 닥터쌤의 유튜브를 우연히 보고 두 눈으로 확인하고 싶었을 수도 있다.

'잠깐!'

나는 정신이 번쩍 들었다.

해초 엄마 아빠가 타살 가능성을 제기했다고 했다. 수사를 처음부터 다시 해 달라고 요구했다고 한다. 만약 타살이라면 그 남자가 해초를 죽인 범인일 수 있다. 영원히 해초 입을 막으려고 그런 선택을 했을 수도 있다. 그 생각을 하자 가슴이 뭔가에 눌린 듯 숨이 막혔다.

'누구지?'

나는 그동안 그 남자의 존재에 대해 궁금해하지 않았다. 궁금해하지 않는 것이 해초를 위한 일이라고 여겼다. 무언중에 다들 약속한 것처럼 나도 철저히 그날 일을 모른 척하려고 했다. 아니, 어쩌면 그건 핑계일 수 있다. 해초를 위한 것이 아니라 한마디라도 아는 척하는 순간 일어날지도 모를 복잡한 일들이 싫었다. 하지만 결국 그 일들이 내 발목을 잡았다.

하지만 타살이라면 입을 다물고 있어서는 안 되는 거 아닌가? 내 말 한마디가 범인을 잡는 증거가 될 수도 있을 텐데. 하지만 발목을 잡는 그것들을 잘라 낼 용기는 여전히 없었다.

해초를 불러낸 사람

"누구시라고요?"

나는 다시 한번 또박또박 물었다.

"해초 엄마야."

물에 푹 담갔다 꺼낸 운동화처럼 무거운 목소리였다. 해초 엄마가 왜 나한테 전화를 했을까? 여러 가지 생각이 한꺼번에 떠올라 머릿속은 뒤죽박죽이 되었다. 순간 쪽지가 떠올랐다.

"아, 예, 안녕하세요."

나는 인사를 하면서 후회했다. 해초가 죽었는데 무슨 수로 해초 엄마가 안녕할 수 있다고, 말도 안 되는 인사말을 지껄이다니.

"죄, 죄송해요."

나는 얼른 사과했다.

"뭐가? 뭐가 죄송해?"

축 늘어졌던 해초 엄마 목소리가 갑자기 공중으로 붕 떠올랐다.

"뭐가 죄송하냐고?"

해초 엄마가 다시 물었다.

"안녕하시냐고 물어본 거요."

"아하, 괜찮아. 그럴 수도 있지, 뭐. 그런데 잠깐 만날 수 있을까?"

"저를요?"

"응."

"바쁜데요."

나는 내 입을 꼬집었다. 왜 이렇게 말이 제멋대로 나오는지 모르겠다. 만나자는 이유를 물어보고 나서 죄송하지만 학원에 가야 해서 바쁘다고 말하면 더 좋았을 것을. 앞뒤 말은 다 잘라먹고 바쁘다는 말부터 내뱉다니. 누가 들어도 '만나기 싫은데요'라고 거절하는 뜻으로 들릴 거다.

"도수 학생이 바쁘지 않은 시간에 보면 돼. 언제든지."

"엄마한테 물어보고요."

아, 진짜 이 입! 이 입이 대체 왜 이러는지 모르겠다. 그럼 언제 시간이 있는지 한번 확인하고 나서 연락한다고 말하면 좋았을 것을 또 입이 제멋대로 말했다. 엄마한테 물어보고라니, 이 말 역시 '만나기 싫은데요'와 뭐가 다르담. 해초 엄마를 만나라고 허락하는 사람은 우리 학교 아이들 엄마 중에는 없을 거다.

"그래, 그럼 엄마한테 여쭤 보고 말해 줘."

해초 엄마가 순순히 내 말을 받아들이자 갑자기 마음이 약해졌다. 내가 싸가지 없고 못돼 먹은 아이 같았다. 해초 엄마가 지금 얼마나 힘들지 알면서. 해초는 우리 반이고, 같은 반이라는 것은 친구라는 의미도 있다. 그리고 나는 해초와 같이 캠프에도 갔다. 거기에다 쪽지도 나왔다. 그런데도 몸을 있는 대로 사리는 모습을 전혀 숨기지 않는 내가 뻔뻔하게 여겨지기도 했다. 나는 마음을 고쳐먹었다. 조금만, 조금만 더 부드럽게 대하자.

"그런데요, 저를 왜 보자고 하시는 거예요?"

"경찰한테 무슨 말 못 들었어? 우리 해초가 도수 학생 이름을 쪽지에 적어 휴대폰 케이스에 간직하고 있더라고."

"저는 그 이유 몰라요."

나도 모르게 말이 가시처럼 날카롭게 나왔다.

"그래, 알았어. 따지려고 하는 게 아니야. 우리 해초가 왜 도수 학생 이름을 적어 휴대폰 케이스에 간직했는지 도수 학생은 모르고 있을 수도 있으니까. 우리 해초만 도수 학생을 특별하게 생각했을 수도 있어. 하지만 아줌마는 해초 엄마잖아? 해초에 대해서는 작은 거라도 자세히 알고 싶어서 그래. 남들 눈에는 하도 작아서 잘 보이지도 않는 티끌이라도 우리 해초와 관련된 거라면 다 알고 싶어서 그래."

해초 엄마 목소리가 간절했다. 하도 간절해서 나도 모르게 지금 시간이 있다고 말하고 말았다. 해초 엄마는 우리 아파트 상가에 있는 빵집으로 오겠다고 했다. 나는 내가 해초네 아파트로 가겠다고 했다. 우리 아파트 상가는 시한폭탄이 설치된 곳이다. 엄마의 촘촘한 네트워크가 작동하는 곳이다. 내가 어디서 무얼 하는지 단숨에 엄마 귀에 들어갈 수 있다.

해초 엄마는 흰 원피스를 입고 있겠다고 말했다. 하지만 흰 원피스가 아니더라도 카페 통창으로 보이는 해초 엄마를 보는 순간 단박에 알았다. 해초가 죽고 나서 방송에 해초 엄마가 나왔다. 해초 엄마는 모자이크 처리도 하지 않고 얼굴을 그대로 노출하고 울었다. 살인보다 더한 범죄를 가볍게 생각하는 사회가 해초를 죽였다고 말하면서 울었다. 꼭 방송에 나오지 않았다 하더라도 통창으로 보이는 해초 엄마의 옆모습은 해초와 많이 닮았다. 교실 창가 자리에 앉아 수학 문제를 풀고 있던 해초와.

"고마워. 뭐 마실래?"

해초 엄마도 단박에 나를 알아봤다. 나는 멜론을 썰어 올린 주스 사진을 가리켰다.

주스를 앞에 놓고 한참이 지나도록 해초 엄마는 아무 말도 하지 않았다. 검지손톱으로 원목 탁자의 한 부분을 긁고 있었다. 그러다 한숨을 내쉬기도 하고 멍하니 허공을 바라보기도 했다. 주스를 마셔야 하나 말아야 하나, 나는 해초 엄마의 눈치를 봤다. 시켜 놓은 주스를 마시지 않는 것은 어쩐지 시켜 준 사람을 무시하는 거 같은 기분이 들었다. 그렇다고 해서 해초 엄마가 저러고 있는데 주스를 마시는 것 또한 해초 엄마를 무시하는 일 같았다.

"우리 해초 어땠어?"

주스 한 잔을 놓고 갈등하고 있는데 해초 엄마가 물었다.

"예?"

"우리 해초 어땠느냐고?"

"그냥 뭐, 공부도 잘하고 말도 잘했어요."

그건 우리 반 아이들 모두가 알고 있는 사실이다.

"그래. 그리고 또?"

"예? 그리고 또 인기도 많았어요."

이것도 우리 반 아이들 모두가 알고 있는 사실이다. 인기가 많은 해초는 반장이었다. 우리 반 아이들뿐 아니라 해초 엄마도 알고 있는 사실일 거다. 다 알고 있는 사실을 왜 새삼스럽게 묻는 걸까. 당연히 쪽지 얘기부터 할 줄 알았는데 말이다. 뭐, 쪽지에 대해 물어도 대답할 말은 없지만.

"그래, 우리 해초는 무척 긍정적이고 명랑한 아이였어. 물론 충격적인 일로 많이 힘들어하긴 했지만 그래도 잘 극복해 내고 있었지. 상담도 적극적으로 받고 말이야. 그런데 왜 해초가 그런 선택을 했을까 의문이 너무 많았어. 의심쩍은 일도 있고."

해초 엄마가 갑자기 말을 멈추고 콧잔등을 손등으로 눌렀다.

"그날 말이야."

잠시 뒤 해초 엄마가 침착하게 말을 이어 갔다.

"우리 해초가 없어진 걸 가장 먼저 알아차린 사람은 캠프 대장이라고 하던데 맞니?"

"예."

나는 고개를 끄덕였다. 명치끝이 찌릿했다. 해초가 없어진 걸 캠프 대장보다 먼저 알았던 사람은 바로 나다.

"해초가 없어진 걸 알고 얼마 정도의 시간이 지나서 해초를 찾은 거니? 경찰이 알아본 바로는 한 시간 정도 지나서라고 하던데 맞니?"

"시간은 잘 모르겠어요."

"해초를 찾는다고 초록대문 집으로 갔던 사람은 누구였니? 캠프 대장이라고 하던데 그 말도 맞니?"

"예."

캠프 대장은 비를 흠뻑 맞고 이불에 돌돌 말려 덜덜 떨고 있는 해초를 업고 나타났다. 하지만 해초가 초록대문 집에 있다는 걸 캠프 대장보다 먼저 알고 있던 사람도 나다.

해초 엄마가 가방을 뒤지더니 돌돌 만 종이를 꺼내 탁자 위에 펼쳤다.

"캠프에 참가한 학생은 열네 명. 캠프 스태프는 세 명. 밥은 출장 뷔페 식으로 끼니때마다 배달되어 왔어. 그러니까 밥을 배달하는 사람들은 이곳에 잠시만 머물 뿐이었지. 강사들도 강의가 끝나면 바로 돌아갔고."

해초 엄마는 종이를 가리키며 말했다. 종이에는 사람 모양의 그림이 여러 개 그려져 있고 그 아래에 숫자가 1부터 17까지 쓰여 있었다. 그리고 숫자 옆에는 이름이 적혀 있었다. 아이들뿐 아니라 캠프 스태프들 이름도 적혀 있었다.

"스태프 세 명은 각각 맡은 일이 달랐어. 캠프파이어를 진행할 이벤트 회사 직원 두 명이 더 오기로 했는데 캠프파이어가 취소되는 바람에 오지 않았어. 스태프 세 명 중에 누군가가 캠프파이어를 대신하는 활동을 주도했을 테고. 하지만 그 활동은 자유롭게 이루어졌어. 맞지?"

나는 고개를 끄덕였다. 처음에는 캠프파이어를 대신할 그럴듯한 활동을 하려고 했지만 아무 준비도 없는 상태였다. 스태프 중한 명이 어설픈 마술을 보여 주는 순간 아이들은 자유롭게 놀자고 제안했고, 스태프들은 아이들 말을 따랐다. 과자와 음료수를 준비했고 그때부터 춤을 추기도 하고 노래를 부르기도 했다.

"자유 시간에 스태프들은 다른 방에서 다음 날 캠프가 끝나고 돌아갈 참가자들에게 나눠 줄 선물과 편지를 챙기고 있었다고 해. 캠프 대장은 그때 다른 스태프들과 같이 있지 않았다고 했어. 다른 방에서 캠프가 진행되는 동안 들었던 비용을 계산하고 있었다고 하고."

듣다 보니 해초 엄마는 캠프 대장을 의심하는 거 같았다. 다들 같이 있었다는 증인이 있는데 캠프 대장은 그렇지 않으니 말이다. 나는 아무 말도 하지 않았다. 하지만 분명히 그 목소리는 캠프 대장의 목소리가 아니다.

"여럿이 같이 있는 시간에 혼자 따로 있었다면 의심을 받아 마땅하지 않니? 하지만 나는 캠프 대장을 의심하지 않아."

나는 해초 엄마를 빤히 바라봤다.

"자신이 일을 저질러 놓고 단박에 달려가는 범인은 없을 테니까. 그리고 캠프 대장이 범인이라면 우리 해초가 그 사람에게 업혀 오지는 않았을 거니까. 무엇보다 해초가 캠프 대장에 대해서는 별말 없었거든."

"아, 예."

"그런데 도수 학생."

해초 엄마가 의자를 당겨 앉았다.

"우리 해초는 캠프에 가기 전날 휴대폰을 바꿨어. 그 말은 캠프에 다녀와서 그 쪽지를 썼을 가능성이 크다는 말이야."

해초 엄마가 나를 물끄러미 바라보더니 다시 탁자를 손톱으로 긁기 시작했다.

"나는 해초가 수건에 대해 말했을 때는 그냥 지나쳐 들었거든. 캠프에 다녀온 뒤 그 일 때문에 정신이 없어서 말이야. 그리고 수건은 거의 비슷해서 헷갈릴 수도 있고."

해초 엄마 목소리가 다시 가라앉았다. 수건은 또 무슨 말이람.

"해초가 돌아오고 이삼일 지나서 해초 가방을 정리했어. 그런데 수건이 한 장 없더라고. 해초가 유독 좋아하는 보송보송한 수건이었어. 세 장이 한 세트였거든. 끝부분이 하늘색이고 튤립 자수가 놓여 있어. 그래서 그 수건은 어떻게 했느냐고 물어봤더니 말이야. 도수가 목에 걸고 있어서 그냥 모른 체했다고 하더라고. 머리를 감았는지 흠뻑 젖었고 수건도 젖어 있었다고. 또 그 상황에 그깟 수건이 중요한 게 아니었을 테고 말이야. 휴, 해초는 그날 저녁 머리가 아파서 자유 시간에 여러 번 세수를 했대. 그리고 과자를 먹다가 목이 말라 물을 가지러 나갈 때 수건을 문 옆 옷걸이에 걸어 두었다고 했어. 물을 가지러 갔다가 그렇게 되었던 거고.”

해초 엄마가 또 손등으로 콧잔등을 눌렀다. 한 번씩 목소리가 가라앉기는 했지만 해초 엄마는 침착하려고 애쓰고 있었다. 그런데 가만, 내가 머리를 감았다고? 나는 정신이 번쩍 들었다. 나는 그날 밤 기억을 더듬었다. 비를 흠뻑 맞고 돌아와서 문 옆 옷걸이에 걸려 있던 수건을 썼는지 어쨌는지는 잘 기억나지 않았지만 수건이 보였다면 당연히 빗물을 닦았을 거다.

해초는 물을 가지러 주방에 갔다가 누군가 주방 창문을 두드리는 소리에 창문을 열었다고 했다. 그때 누군가 잠깐 밖으로 나와서 뭔가를 좀 도와달라고 했단다. 해초는 그 사람 얼굴이 잘 보이지는 않았지만 캠프와 관련된 사람이라고 여겼다. 그래서 밖으로 나갔다고 했다. 모든 일은 그렇게 시작된 거다. 이 말은 해초 엄마를 통해 처음 듣는 이야기였다. 해초는 그날 일에 대해 아이들 앞에서 한마디도 하지 않았다.

"머리 감았었니?"

해초 엄마가 물었다.

"예?"

"머리 감았었냐고?"

나는 얼른 대답할 수 없었다. 머리를 감았다고 거짓말을 하자니 찜찜했다. 그렇다고 해서 머리를 감지 않았다고 말할 수도 없었다. 그럼 왜 머리가 젖어 있었느냐고 물어보면 그날 밤 있었던 일을 털어놓을 상황에 처하게 된다.

'그럼 왜 그때 가만있었니? 그때 네가 소리라도 질러 주었으면, 사람들에게 알려 주었으면 해초는 괜찮았을 텐데.'

나는 원망을 한 몸에 받게 될 거다. 해초의 죽음이 모두 내 탓이 될 수도 있다. 겁이 덜컥 났다.

"저도 머리가 아팠거든요. 그래서 머리를 감았어요."

나는 거짓말하는 쪽을 택했다. 해초 엄마는 조용히 고개를 끄덕였다.

"우리 해초가 왜 도수 학생의 이름을 적어서 휴대폰 케이스에 보관했는지 혹시 그럴 만한 이유가 생각나면 연락해 줘."

카페 앞에서 헤어지며 해초 엄마가 말했다. 나도 그 이유는 정말 모른다. 해초는 왜 내 이름을 적었을까? 나 역시 말도 못하게 궁금했다.

범인의 목소리

"얘가 왜 눈을 감고 밥을 먹어? 어젯밤에 못 잔 거야?"

엄마가 내 등을 내리쳤다.

"아, 아파. 엄마는 아들 등짝 내려앉았으면 좋겠어? 왜 그렇게 세게 때려? 어젯밤에 못 잔 게 아니라 눈을 감고 엄마 목소리를 들어 보려고 한 거지. 그런데 내가 잘못 생각한 거 같아. 매일 듣는 엄마 목소리와 비교하는 건 맞지 않는 거 같아."

"얘가 뭔 소리를 하는 거야? 빨리 밥이나 먹어."

엄마가 다시 내 등을 내리쳤다.

한 번 들은 목소리를 다시 들었을 때 같은 목소리라고 알아듣는 게 과연 가능한 건가? 그럴 가능성은 얼마나 될까?

"학원은 어때?"

엄마가 물었다.

"뭐가 어때. 학원이 학원이지."

"선생님들이 어떠냐는 말이지. 실력이 어떤지 그걸 묻는 말이야. 하긴 뭐, 네가 선생님들 실력을 어떻게 알겠니? 뭘 알아야 평가를 하지. 그런데 어제 학원 영어 선생님한테 전화가 왔는데 말이야. 그 선생님 열정이 대단한 거 같아. 벌써 두 번이나 전화 왔거든. 며칠 만에 네 실력을 확실히 파악했더라고. 뭐, 실력이라고 말할 것까지도 없지만. 신경 써 주는 거 같아서 되게 고맙더라. 게다가 들을 때마다 신뢰가 팍팍 가는 목소리야. 어제는 영어 선생님이라는 말도 안 하고 '어머니 안녕하세요?' 하고 인사를 하는데 그 선생님인 걸 단박에 알아봤다니까."

나는 목소리라는 말에 고개를 번쩍 쳐들고 엄마를 바라봤다.

"한 번 들은 목소리를 단박에 알아들었어? 그게 가능한 거지?"

"뭔 소리야?"

"한 번 들었던 목소리를 두 번째 들을 때 '아하! 그 사람이다!' 이러는 게 가능한 거지? 엄마가 영어 선생님 목소리를 한 번 듣고 딱 두 번째 듣는 순간 단박에 영어 선생님이라는 걸 알았다는 말이지?"

"애가 왜 흥분을 하고 난리야? 흔해 빠진 목소리가 아니라면 당연히 기억나는 거 아니니? 얼굴도 마찬가지잖아? 특징이라고는 전혀 없는 그런 얼굴이 아닌 다음에야 한 번 본 얼굴이라면 두 번째 만났을 때 알아볼 수 있는 거잖아?"

나는 고개를 크게 끄덕였다. 비옷 입은 남자의 목소리는 그날 밤 그 목소리가 분명하다. 약간 거친 듯 쉿소리가 섞인 목소리, 들들들, 가래가 낀 듯한 목소리.

"그런데 가방을 새로 사야 하니? 이제 삼 학년인데 그냥 한 해 더 써야 하나 새로 사야 하나 고민이다. 어차피 고등학교에 가면 새로 사야 하는데 말이야. 그렇다고 해서 일 년 더 쓰자니 너무 많이 낡은 거 같고."

엄마가 갑자기 가방 걱정을 했다.

"운동화도 새로 사야 하지? 어제 운동화 신을 때 보니까 발가락이 불쑥 올라온 거 같더라. 뭔 발이 그렇게 무럭무럭 자라니? 오늘 운동화랑 가방 사러 같이 가자."

"나, 오늘 바빠."

나는 재빨리 잘라 말했다. 엄마와 뭔가를 사러 가는 일은 산속으로 도를 닦으러 가는 것과 맞먹는다. 뭘 하나 사는 데도 기본적으로 백화점을 열두 바퀴 도는 엄마 뒤를 졸졸 따라다니다 보면 처음에는 지루하다가 좀 지나면 짜증이 난다. 그러다 분노가 치솟는다. 그렇다고 해서 그런 감정을 엄마에게 내보이면 안 된다. 참아야 한다. 목구멍을 뚫고 정수리를 뚫고 나오려는 지루함과 짜증과 분노를 억누르는 일은 초인적인 힘이 필요하다. 모든 유혹을 이기고 도를 닦는 것과 맞먹는다. 그런 경험은 결코 하고 싶지 않다. 오죽하면 아빠는 구두 사러 같이 가자는 엄마 말에 뽀로

로 운동화를 사다 주어도 군말 없이 신을 테니 엄마가 모든 것을
다 알아서 하라고 말했다.

"뭐 하느라고 바빠?"

"학원 가기 전에 숙제해야 하거든. 수학 숙제도 해야 하고 영어
숙제도 해야 하고 국어 숙제도 해야 해."

나는 얼른 숟가락을 놓고 일어나 주방에서 나왔다.

엄마가 백화점에 간다고 나간 뒤 바로 수민이에게 문자가 왔다.

—너는 친구가 다쳤는데도 병문안 한 번 안 오냐?

약간 어이가 없었다. 저랑 나랑 언제부터 친구였다고. 나와 수민
이는 교실에서 눈이 마주쳐도, 화장실에서 나란히 볼일을 보다 눈
이 마주쳐도 멀뚱멀뚱 쳐다보는 사이다. 수민이 엄마와 우리 엄마
가 친구라고 말하는 게 훨씬 더 설득력 있겠다. '엄마 친구 아들이
다쳤는데 병문안도 안 오냐?' 이랬으면 엄마들 사이를 의식해서
라도 병문안 정도는 갈 수 있겠다. 더 웃긴 건 나와 서린이를 닥터
쌤에게 데려가고 저는 쏙 빠졌다는 것이다. 다시는 나와 서린이를
안 볼 것처럼 내달려 도망치더니 뭔 병문안. 참 뻔뻔하기도 하다.

그때 서린이한테 전화가 왔다. 서린이도 수민이에게 똑같은 문
자를 받았다고 했다.

"같이 가 보자. 솔직히 악담을 해서 좀 찜찜하거든."

서린이가 하도 조르는 바람에 같이 수민이를 보러 가기로 했다.

서린이는 가는 길에 치즈케이크를 하나 샀다.

수민이 상태는 생각보다 심각했다. 엉덩이뼈도 골절되었고 무릎뼈도 나갔다고 했다. 뼈가 제대로 붙으려면 몇 달이 걸린다고 했다.

"앞 좀 잘 보고 다니지."

서린이가 안타까워하며 말했다.

"야, 내가 매일 다니는 길이야. 눈 감고도 다닐 수 있는 길이라고. 거기에 싱크홀이 있을 줄 누가 알았겠냐? 그건 앞을 잘 보고 다닌다고 해서 피할 수 있는 게 아니야. 바로 앞에 가던 자동차와 같이 빠지지 않은 게 다행이지. 까닥 잘못했으면 자동차 뒷타이어가 빠질 뻔했거든. 아휴, 자동차랑 같이 빠졌으면 즉사했지, 즉사."

수민이는 치즈케이크를 손으로 잘라 입이 터져라 넣었다.

"즉사 안 한 것만 해도 행운이지."

수민이는 케이크를 삼키고 나서 한마디 더 했다. 그러고는 계속 케이크만 먹었다.

"너희, 거기 갔다 왔나?"

한참 후에 수민이가 물었다.

"어디?"

"거기, 초록대문 집. 닥터쌤이랑 같이 갔다 왔냐고. 닥터쌤 유튜브를 봤는데 초록대문 집 라이브를 한다는 말은 없더라고. 갔다 왔어?"

"나랑 도수랑 엮어서 닥터쌤에게 데려가고 너는 중간에 빠졌잖
아? 빠졌으면 끝이지 뭐가 궁금해서 물어보냐? 싫다. 대답 안 할
거다. 그치, 도수야?"

서린이가 턱을 치켜들며 고개를 저었다.

"사실은 있잖아. 이 말을 해야 하나 말아야 하나⋯⋯."

수민이가 입술을 잘근잘근 깨물었다. 표정이 심각했다.

"아이, 모르겠다. 이 말을 하려고 너희 오라고 한 건데. 내가 싱
크홀에 빠지던 날 있잖아. 새벽에 해초 꿈을 꿨어. 해초가 강 건너
에 서 있었는데 나를 보더니 손을 막 흔들었어. 강에는 나룻배 하
나가 떠 있었어. 해초가 나한테 나룻배를 타고 자기를 데리러 오
라고 하는 뜻 같았어. 하지만 내가 세상에서 제일 무서워하는 게
물이거든. 커다란 항공모함이면 모를까 나룻배는 왠지 위험하다
는 기분이 들었어. 그래서 해초를 무시하고 강 반대 방향으로 달
렸어. 단 한 번도 뒤돌아보지 않고 달리다가 강하고는 꽤 멀어졌
겠다 싶어서 뒤돌아보는데 바로 그 순간 낭떠러지로 떨어지고 말
았어. 땅에 닿기 전에 꿈에서 깼고. 그 꿈이 싱크홀에 빠질 걸 암
시한 거 같아. 다치고 나서 너희 걱정도 좀 되더라고. 보나마나 초
록대문 집에 갔을 텐데 별일이 없었나 하고 말이야. 닥터쌤은 라
이브 안 할 때도 많으니까 라이브 없이 다녀왔을 수도 있잖아. 솔
직히 말해 봐. 갔다 왔지? 별일 없었어?"

수민이의 말에 서린이가 대답했다.

"그래, 갔다 왔다. 별일 있을 것도 없었지, 뭐. 닥터쌤은 그 방에 들어가지도 못했어. 닥터쌤 말로는 영혼이 화가 많이 났다고 하더라고. 영혼에게 쫓겨난 거지. 이건 순전히 내 생각인데 영혼이 진짜로 존재하고 영혼이 화가 났다는 닥터쌤 말이 사실이라면 그 사람 때문이 아닐까 하는 생각이 들긴 해."

"그 사람?"

"있어. 비옷 입고 나타나서 닥터쌤을 열 받게 한 사람."

수민이가 서린이를 빤히 바라봤다. 하지만 서린이를 보고 있는 것 같지는 않았다. 서린이 얼굴에 눈을 둔 채 무엇인가 골똘히 생각하는 것처럼 보였다.

수민이가 치즈케이크를 다 먹는 걸 보고 나서 나와 서린이는 자리를 털고 일어났다. 수민이는 뭔가 할 말이 더 있는 듯했지만 더는 아무 말도 하지 않았다.

"혹시 너한테는 경찰서에서 연락 안 왔었냐?"

나는 서린이에게 물었다. 타살 가능성을 제기하고 수사를 처음부터 다시 한다면 참고인들도 다시 부를 가능성이 크다. 비록 쪽지에 이름을 적히지 않았더라도 말이다.

"경찰서에서? 당연히 왔었지. 몇 번이나 경찰서에 갔다 왔는데. 캠프에 갔던 애들은 다 그랬을걸. 그런데 갑자기 왜?"

휘둥그레지는 서린이 눈을 보는 순간 후회했다. 괜한 질문을 했다. 타살 가능성이 제기되고 나서 서린이는 경찰서에 가지 않은 게 분명했다.

"으응? 아, 아니야. 그냥 갑자기 생각나서. 나도 갔다 왔어. 네 말대로 캠프에 갔던 아이들은 다 갔다 왔을 거야. 그럼, 그럼."

"도수 너, 왜 그렇게 당황해? 귀밑까지 벌게져서?"

서린이가 나를 똑바로 보고 섰다.

"누가 귀가 벌게져? 나는 원래 귀가 좀 빨간 편이거든."

"경찰이 너한테 다시 연락했지? 왜?"

눈치가 보통이 아니었다. 나는 어쩔 수 없이 경찰서에 다녀온 이야기를 했다. 말을 하면서도 쪽지 이야기가 튀어나오지 않게 조심했다. 엄마는 그 일은 비밀로 하라고 했다.

"타살 의혹? 진짜?"

서린이 얼굴이 새하얗게 질렸다.

"아니, 타살 의혹이 아니라 타살 가능성."

"그 말이 그 말이지. 해초 엄마가 타살 의혹을 제기하는데 경찰이 왜 너를 불러? 다시 수사를 시작하기 위해 참고인 조사도 다시 한다면 나도 불렀어야 하는 거 아니니? 그런데 왜 너만 부르냐고? 타살 의혹하고 너하고 무슨 상관이라고? 설마 경찰이 너를 범인으로 의심하는 건 아닐 테고, 너 혹시 해초 사건에 대해 알고 있는 거 있어? 뭐 증거라도 갖고 있는 거야?"

"아니야, 증거는 무슨."

나는 펄쩍 뛰었다. 그리고 타살 가능성이라니까 왜 자꾸 타살 의혹이라고 말하는지 모르겠다. 가능성과 의혹이라는 말은 어떻게 보면 같은 말일 수도 있다. 하지만 듣는 느낌은 완전히 달랐다.

"그런데 경찰이 왜 너를 불렀느냐고?"

"그, 그걸 내가 어떻게 알아?"

"어쭈, 이제 말까지 더듬네. 솔직히 말해 봐."

서린이가 눈을 가늘게 뜨고 나에게 바짝 다가섰다. 나는 서린이가 다가온 만큼 뒤로 물러섰다.

"솔직히는 무슨 솔직히야? 솔직히 말할 거 없어."

솔직히 말할 거 없어, 이 말을 하는데 갑자기 마음 맨 안쪽에서 뭔가 물컹물컹한 것이 흐느적거리며 흔들리는 느낌이 강하게 들었다. 그걸 밖으로 꺼내 놓지 않으면 그것이 한순간 덩치를 불려 내 전체를 점령할 거 같았다. 그리고 목까지 조일 거 같았다. 답답했다.

서린이가 말했다.

"솔직히 말해 봐."

나는 심호흡을 했다. 내 속에 있는 이 물컹물컹한 것을 밖으로 꺼내 놓고 싶었다. 배를 갈라 내놓든 토해 내든 그것도 아니면 통곡을 해서 울음소리로 꺼내 놓든. 어떤 방법이든 써야 할 거 같았다. 그러지 않으면 죽을 거 같았다.

"하지만……."

서린이를 믿을 수가 없다. 서린이에게 말하면 곧바로 서린이 엄마가 알게 될 거고, 그러면 엄마 귀에 들어가는 건 시간문제다. 그뿐 아니다. 한번 입 밖으로 나온 말에는 발이 달린다. 날개도 달린다. 어디로 갈지 아무도 모른다. 그건 위험한 일이다. 나는 일단 더 버티기로 했다. 숨을 크게 들이쉬면서 흐느적흐느적 꿈틀거리는 그것을 진정시키려고 애썼다.

"솔직히 말해 보라니까."

서린이는 집요했다. 무슨 말이라도 해야 끝낼 거 같았다.

"너는 엄마하고 비밀 같은 거 없는 사이지? 모든 걸 다 공유하는 사이 맞지?"

"야, 내가 몇 살인데 모든 걸 엄마랑 공유해? 나도 비밀 있거든. 너희 엄마 귀에 안 들어가게 할 테니까 걱정하지 말고 말해."

"진짜지?"

"진짜야."

서린이가 새끼손가락을 내밀었다. 나도 모르게 피식 웃자 서린이가 화를 냈다.

"웃지 마. 난 진심으로 새끼손가락 내미는 거니까."

나는 서린이에게 쪽지 이야기를 했다. 쪽지 이야기가 결코 작은 일은 아니지만 확실한 것은 쪽지는 내 속에서 꿈틀거리는 것에 비하면 보잘것없이 작았다.

서린이는 이상하다고 했다. 당연했다. 해초가 내 이름을 적어서 휴대폰 케이스에 보관할 만한 이유가 없다는 걸 서린이는 알고

90

있을 테니까.

"그게 언제였어? 경찰서에 갔던 날 말이야."

"초록대문 집 탐험을 가는 날, 오전."

"경찰서에 다녀오고 타살 의혹이 제기됐다는 말을 듣고도 거길 갔었다고? 네 이름이 적힌 쪽지 얘기를 듣고도?"

"갈 수밖에 없는 상황이었잖아."

"그런데 참 이상하다. 이상해. 야, 장도수. 너, 해초에 대해 아는 거 있지? 그러니까 해초가 쪽지를 써서 보관한 거지. 뭐냐? 나한 테만 말해 봐. 솔직히 말해 보라고."

"뭘 또 솔직히 말하라고 그래? 제발 솔직히라는 말 좀 하지 마. 나는 다 말했어. 절대 너희 엄마한테는 말하지 마. 그랬다가는 바로 우리 엄마 귀에 들어가니까. 우리 엄마가 쪽지 이야기는 비밀로 하라고 그랬단 말이야."

"왜?"

"공연히 의심받는다고."

"그럴 수도 있겠네. '도수가 그날 밤 범인이었다'고 쓰고 싶은 걸 이름만 썼다고 생각할 수도 있으니까."

서린이 말에 정신이 번쩍 들었다. 쪽지에 쓰인 이름이 다른 사람들에게는 그렇게 받아들여질 수도 있구나.

"하지만 나는 너를 믿어. 네가 그날 밤 범인이 아니라는 걸 믿는 다고. 그리고 쪽지 이야기는 누구에게도 하지 않을게. 특히 우리 엄마한테는."

서린이가 믿는다는 말에 힘을 주었다. 기분이 묘했다. 서린이가
나에 대해 뭘 그렇게 아는 게 많다고.

머리 젖은 밤

"내가 장도수 너 때문에 진짜 못 살아. 멍청한 놈 같으니라고. 입 다물라고 그렇게 다짐을 줬는데 그걸 네 입으로 말해? 이제 좋겠다. 같은 반 친구를 그 모양으로 만든 놈이라고 의심받으니 아주 좋겠어."

나는 힘겹게 눈을 떴다. 어젯밤에는 위장이 찢어질 듯 아팠다. 그래서 한숨도 못 자다가 새벽에야 겨우 잠이 들었다.

"아, 짜증 나. 무슨 소리야? 내가 무슨 말을 했다고 그래?"

나는 이불을 당겨 머리끝까지 뒤집어썼다.

"소문이 쫙 났어. 해초가 네 이름을 써서 휴대폰 케이스에 보관하고 있었다고."

나는 이불을 젖히고 엄마를 바라봤다.

"이제 어떻게 할 거야? 진짜 내가 못 살아. 오늘부터는 꼼짝 말

고 집에 있어. 학원이고 뭐고 다 때려치우고 학교 갈 때까지 가만
히 틀어박혀 있으라고."

"누가 그래? 내가 쪽지 얘기를 했다고? 서린이 엄마가 그래?"

"아이고야, 서린이한테 얘기한 거구나? 내가 서린이한테도 말
하지 말라고 꼭 집어서 얘기해 줬는데. 아이고, 한심하다. 나연이
입이 얼마나 가벼운데! 나연이 걔가 학교 다닐 때부터 남의 불행
은 자신의 행복이라고 여기는 이상한 아이였다고. 그래도 그렇지,
내가 저한테 요즘 얼마나 잘해 주는데 이럴 수가 있어? 서린이한
테 그런 말을 들었으면 다른 사람들에게 말하기 전에 나한테 먼
저 이야기했어야 하는 거 아니야? 그런 말은 비밀로 해 주는 게
좋겠다고 생각하는 게 정상 아니냐고. 사람 고쳐 쓰는 거 아니고
제 버릇 뭐 못 준다더니 옛말 그른 거 하나도 없어. 학교 다닐 때
왕따였던 걸 다 잊고 친하게 지내 줬더니 어쩜 이럴 수가 있어?
가만 안 둬."

엄마는 숨도 쉬지 않고 소리치더니 방문이 부서져라 닫고 나갔
다. 곧 서린이 엄마와 통화하는 소리가 들렸다. 지금의 엄마는 그
동안 내가 알던 엄마가 아니었다. 어떠한 극한 상황에서도 남에
게 험한 모습을 보이지 않던 엄마였다. 나름 교양을 갖춘 사람으
로 보이고 싶어 했고, 그렇게 보였다. 그런데 오늘 엄마는 십오 년
동안 내가 봐 왔던 엄마가 아니었다. 듣기만 해도 얼굴 빨개지고
귀를 틀어막고 싶은 욕들이 엄마 입에서 튀어나왔다.

"뭐라고? 너도 몰랐던 일이라고?"

숨조차 쉬지 않고 악을 쓰며 퍼부어 대던 엄마 목소리가 어느 순간 숨죽은 채소처럼 수그러들었다. 잠시 뒤 다시 방문이 벌컥 열렸다.

"장도수, 수민이한테 말한 걸 서린이한테 말했다고 착각한 거 아니니? 나는 수민이 엄마한테 들었거든. 서린이 엄마가 소문낸 건 줄 알았는데 서린이 엄마는 아예 모르고 있던데. 아휴, 공연히 말했네. 아무튼 오늘부터는 집 밖으로 나가지 말고 처박혀 있어."

"어차피 비밀은 없다고 내가 그랬잖아. 경찰이 알고 있고 해초 엄마가 알고 있는데 무슨 비밀이야?"

나는 퉁명스럽게 말했다. 엄마가 나를 흘겨보더니 문을 쾅 닫았다.

곧 서린이에게 전화가 왔다.

"나한테는 비밀로 하라고 해 놓고 네 입으로 다 떠들었니? 우리 엄마한테는 내가 말한 거 아니다. 그건 분명히 해 두자. 그리고 장도수, 할 말이 있는데 잠깐 만나."

"나 못 나가. 집에 처박혀 있으래. 무슨 말인데? 그냥 전화로 해."

"사실은……."

서린이가 머뭇거렸다.

"전화로는 말 못 해. 솔직히 휴대폰이 백 퍼센트 안전한 건 아니 잖아? 혼선이 될 수도 있고 말이야."

대체 무슨 말이기에 혼선까지 걱정을 한담. 국가 기밀을 발설하는 일도 아닐 테고 말이다.

"말하기 싫으면 관두든가."

뭐든 하라고 하라고 하면 더 하기 싫은 법이다. 그리고 무슨 말인지 별로 궁금하지도 않았다.

"사실은 경찰서에 다녀왔어."

"언제?"

"지금 집에 막 들어오는 길이야."

"너는 왜 부른 거야? 타살 가능성 때문에 부른 거지? 다시 수사한다고."

"그런데 휴대폰은 진짜 안전한 거 맞니? 누군가 마음먹고 어떤 장치를 하면 통화하는 걸 들을 수 있는 거 아닌가?"

대체 무슨 말이길래 자꾸 그런 걱정을 하는지 모르겠다. 그리고 그런 장치가 있다고 해도 그렇다. 나와 서린이 같은 중학생에게 뭘 캐낼 게 있다고. 별걱정을 다 한다.

"네가 경찰서 갔을 때는 너 혼자였어? 캠프와 관련된 사람들 중에서 다른 사람은 안 왔어?"

나는 기억을 더듬었다.

"내가 갔을 때는 다른 사람은 안 왔어. 왜? 캠프와 관련된 사람들 중에 누가 또 왔었어? 뭐, 그럴 수도 있겠네. 수사를 새로 한다면 말이야. 누구 만났는데?"

"아, 아니야."

서린이는 급하게 할 일이 있다면서 전화를 끊었다. 서린이도 경찰서에 다녀온 걸 보면 수사를 처음부터 다시 하는 게 확실해 보였다.

'정말 타살인 건가? 미치겠네. 그러면 담배 피운 걸 고백해야 하는데.'

엄마 아빠 얼굴이 눈앞에 훤히 떠올랐다.

'그깟 담배 피운 게 뭐 어때서? 대한민국 중학생 중에 담배는 나만 피워? 그리고 뭐, 내가 제대로나 피워 봤어? 그동안 내가 피운 담배 다 합해 봤자 얼마나 된다고. 아빠도 이해해 주지 않을까? 아빠도 중학교 다닐 때 피웠을 수도 있잖아.'

고개를 끄덕이는데 이번에는 내가 목격자라는 게 밝혀지면 범인이 나를 그냥 둘 리 없다는 걱정이 들었다. 범인이 나에게 복수하겠다면서 따라다닐 수도 있다. 그건 끔찍한 일이다.

'아니지, 내가 목격자라는 걸 경찰에게 비밀로 해 달라고 하면 될 거야. 원래 증인은 보호받아야 하는 거잖아. 보호해 주겠다는 대답을 들은 다음에 내가 본 걸 말하면 될 거야.'

하지만 곧 증인은 보호되어야 마땅하다는 내 생각이 얼마나 멍청한 것인지도 깨달았다. 재판할 때 증인석이 따로 있다. 증인과 피고인은 서로 같은 공간에 있다. 목소리의 주인과 내가 같은 공간에서 서로 눈을 마주칠 수도 있다는 상상을 하자 정신이 번쩍 들었다.

'잠이나 자야겠다.'

나는 침대로 몸을 날렸다. 이대로 몇 달 푹 잤으면 좋겠다. 석 달 정도 후로 알람을 저장해 놓고 죽은 듯 자고 일어났으면 좋겠다. 내가 일어났을 때는 이미 해초 사건이 모두 해결되어 있었으면 좋겠다. 목소리의 주인도 잡히고 재판도 모두 끝난 다음에 잠에서 깼으면 좋겠다. 닥터쌩이 해초 영혼을 만나 억울함을 들어 주고, 그래서 해초 영혼이 초록대문 집을 떠났다는 말을 들었으면 좋겠다.

살포시 잠이 들었다가 휴대폰 진동음에 눈을 떴다. 해초 엄마였다. 해초 엄마는 잠깐 만나자고 했다.

"밖에 못 나가요."

"왜?"

"외출 금지령이 떨어졌거든요."

"잠깐이면 돼. 내가 도수 학생 집 앞으로 갈게. 십 분 정도면 충분해."

"엄마한테 물어볼게요."

"뭘 물어봐?"

엄마가 뒤에 서 있었다. 엄마는 휴대폰을 낚아채듯 빼앗아 갔다. 그러고는 날카롭고 뾰족한 목소리로 누구냐고 물었다. 그리고 우리 도수는 아무것도 모르니까 제발 전화도 하지 말고 불러내지도 말라고 화를 냈다.

"뭐라고요?"

엄마 얼굴이 변했다.

"그게 무슨 말이에요?"

목소리까지 떨렸다.

"아니긴 뭐가 아니에요? 지금 말씀하시는 걸 보면 그런 말인데요. 그런 끔찍한 상상은 하지도 마세요. 그건 해초 엄마의 상상일 뿐이에요. 저도 충분히 해초 엄마 이해해요. 하지만 이러시면 곤란하죠. 죄송하지만 우리 도수한테 앞으로 전화하지 말아 주세요. 도수는 경찰서에 몇 번이나 다녀왔고 아는 건 모두 말했으니까요."

엄마가 전화를 끊었다. 어쩌면 저렇게 냉정할 수 있는지 내가 다 얼굴이 뜨거워질 정도였다. 전화를 끊은 엄마가 나를 노려봤다. 눈빛이 금방이라도 내 몸을 활활 태울 만큼 강렬했다.

"도수 너, 그날 밤 밖에 나갔어? 다른 아이들이 다 놀고 있을 때 밖에 나갔냐고?"

엄마가 따지듯 물었다.

"네가 비 맞고 들어와서 해초 수건을 썼다면서?"

"그, 그, 그건 머리를 감…… 해초 엄마한테도 머리 감았다고 말했어."

"머리가 젖었다는 말은 사실이네? 해초 수건을 썼다는 말도 사실이고? 그래? 미쳤어, 미쳤어. 미치지 않고서야 하필이면 그때 왜 머리를 감아? 샤워하고 머리 감는 걸 그렇게 싫어하는 놈이 왜 하필 그때 머리를 감냐고? 그런데 해초 엄마는 왜 네가 비를 맞고 들어왔다는 식으로 말하지? 아무튼 장도수, 너는 그날 밤 머리 감은 거야. 머리를 감은 거라고. 누가 뭐라고 해도 머리, 머리를 감은 거라고."

엄마가 소리쳤다.

해초 엄마는 내가 비 맞고 들어온 걸 어떻게 알았을까? 해초 엄마가 찾아왔을 때 나는 머리를 감았던 거라고 분명히 말했는데. 거짓말하는 티가 난 걸까? 다시는 해초 엄마를 만나지 말아야겠다는 생각이 들었다.

경찰서에서 또 연락이 왔다.

"또요? 정말 너무하는 거 아니에요?"

엄마 목소리에 갖은 짜증이 다 들어 있었다. 엄마는 참고인 조사가 맞느냐고 몇 번이나 강조해서 물었다. 그리고 이번이 마지막이라고, 다음에는 불러도 절대 가지 않을 거라며 또 몇 번이나 강조했다. 이번에는 아빠도 같이 갔다. 아빠는 경찰서로 가는 내내 왜 하필이면 그 캠프를 찾아냈느냐는 엄마 원망에 죄인처럼 고개 한 번 들지 못했다.

"학생을 자꾸 불러서 죄송합니다."

경찰은 공손하게 말했다. 그리고 조심스럽게 물었다.

"도수 학생, 그날 밤에 머리가 젖어서 해초 학생 수건을 썼어?"

"좀 더 부드럽게 물어봐 주세요. 꼭 범인 취조하듯 하지 말고요."

엄마가 쏘아붙였다.

"아휴, 어머니. 그런 거 아니에요."

경찰이 고개를 저으며 말했다.

"분명히 말씀드리는데요, 우리 도수는 머리를 감았다고 해요. 우리 애가 머리는 항상 밤에 감거든요. 아침이면 얼마나 바쁜지 머리 감을 시간이 없어서요. 초등학교 때부터 그랬는데 습관이 된 거죠."

누가 묻지도 않았는데 엄마가 나서서 말했다.

"그리고요, 혹시나 해서 말씀드리는 건데요. 우리 도수, 나이만 열여섯 살이지 정신적인 나이는 어려요. 그러니까 이걸 어떻게 설명해야 하나. 여자아이를 보고 그런 감정 들지 않는다고요. 제 말이 무슨 뜻인지 아시죠?"

엄마가 경찰에게 물었다.

"아니, 그러니까 제 말은요. 다른 아이들은 요상한 영상을 찾아 보고 그런다는데, 우리 도수는 그렇지 않다는 말이죠. 그런 거 몰라요. 그런 쪽으로는 아직 신생아 단계라고나 할까, 눈을 뜨지 못했다는 뜻이에요. 단도직입적으로 말해서 그날 밤 사건과 우리 도수는 아무 관련이 없다는 거예요. 그날 밤 사건과 관련이 없으니까 당연히 해초의 죽음과도 연관이 없는 거고요. 자살이든 타살이든. 쪽지도 우리 도수와는 상관이 없고요."

"아, 예."

경찰이 고개를 끄덕이며 나를 바라봤다.

나는 이 상황이 자존심 상했다. 엄마는 나를 덜떨어진 놈이라고 말하고 있었다. 그런 거 모르기는. 다 안다.

"머리를 감았다는 말이지? 비를 맞은 게 아니라."

"그럼요."

엄마가 고개를 크게 끄덕였다.

"아니, 어머니 말고요. 도수 학생한테 묻는 겁니다."

"얘가 뭘 알아요? 겁이 많은 아이라 경찰서에 들어오는 순간 얼어붙어서 제대로 말도 못 하는 걸요."

"머리를 감고 해초 학생의 수건을 썼다! 맞는 거지?"

경찰이 컴퓨터 자판을 두드리며 물었다. 엄마가 내 옆구리를 찔렀다.

"예."

나는 대답을 하며 창밖을 바라봤다. 높은 건물로 가로막혀 두 개로 조각난 하늘이 찌푸둥했다. 비가 내릴 거 같았다.

"당신은 가만히 서 있기만 하면 어떻게 해? 한마디라도 거들어야지."

주차장으로 가며 엄마가 아빠를 원망했다.

"내가 뭘 거드냐? 비를 맞았느냐, 머리를 감았느냐, 이 질문에는 도수가 답하면 되는 거지."

"그걸 말이라고 해? 우린 도수 보호자야. 도수가 언제 어느 때 무슨 일이 생겨도 보호해야 하는 보호자라고. 아니지, 무슨 일이 생기기 전에 미리 보호해야 한다고. 왜 할 말이 없어? '저도 중학교 때까지는 전혀 관심이 없었습니다. 우리 아이가 저를 닮았거든요' 이러고 한마디 해 줄 수도 있는 거잖아."

아빠는 어이없는 표정으로 엄마를 바라봤다. 하지만 딱히 대꾸를 하지는 않았다.

"내 평생 경찰서는 두 번째군."

아빠가 주차장을 벗어나며 중얼거렸다. 엄마가 아빠를 힐끗 쳐다봤다.

"고등학교 일 학년 때 한 번 왔었거든. 친구가 죽는 바람에. 그 자식, 양심의 가책을 이기지 못하고 그런 선택을 했지."

"무슨 짓을 했는데 양심의 가책을 이기지 못해? 학교폭력 가해자였어?"

"아니, 그런 게 아니고 친누나에게 그런 짓을 했거든. 몇 번이나."

"그만해. 지금 그런 말을 왜 해? 생각이 있는 거야, 없는 거야?"

엄마가 심하다 싶을 정도로 화를 벌컥 냈다.

"왜 죽어, 죽기는. 죄를 졌으면 벌을 받으면 되는 거지."

엄마가 나를 힐끗 보며 말했다. 나와 눈이 마주치자 엄마는 얼른 고개를 돌렸다. 뭐지? 뭔가 둔탁한 것으로 뒤통수를 얻어맞은 듯 머리가 띵했다. 설마 엄마가 나를 의심하고 있는 건가? 그날 밤 초록대문 집에 해초와 같이 있던 사람을 나로 생각하는 거야?

세 명의 아이들

경찰서에 다녀온 후, 머리 감는 꿈을 꾸었다. 머리를 감고 밖으로 나오면 비가 쏟아지고 있었고 비를 맞고 나면 다시 머리를 감았다. 머리를 감고 나서 비를 맞고, 비를 맞으면 다시 머리 감기를 반복했다. 아침에는 실제로 두피가 아프고 쓰렸다.

닥터쌤에게 연락이 왔다. 토요일에 초록대문 집 탐험을 한다고 했다. 하지만 나는 집 밖으로 한 발자국도 나갈 수가 없었다. 외출 금지령이 내려지지 않았다고 하더라도 나는 초록대문 집에 갈 수가 없었다. 내 이름이 쓰인 쪽지가 해초 휴대폰 케이스에서 발견되었다는 소문이 쫙 난 상황이었다. 게다가 이번 초록대문 집 탐험은 라이브로 예정되어 있었다. 구독자들의 요청이 하도 빗발쳐서 라이브를 하기로 결정했다고 했다. 앞뒤 사정을 모두 종합해 볼 때 초록대문 집 탐험 라이브에 나간다는 것은 위험한 일이었다. 닥터쌩이 무심코 던진 한마디가 엄청난 파장을 일으킬 수도 있고 오해를 불러올 수도 있다.

"네 멋대로 행동하지 마. 말도 함부로 하지 마."

엄마는 나와 눈이 마주치기만 해도 다짐을 놓았다. 하지만 그것보다 초록대문 집에 갈 수 없는 진짜 이유는 무서워서였다. 두려웠다. 정말 해초 영혼이 있다면 내가 머리를 감았다고 거짓말한 걸 알 수도 있다. 영혼은 사람이 모르는 것도 알 수 있을 테니까. 진짜로, 진짜로 해초 영혼이 있다면 내가 얼마나 괘씸할까.

내가 안 간다고 하자 서린이도 가지 않겠다고 했다.

토요일 일곱 시. 초록대문 집 탐험 방송이 시작되었다. 나는 망설이다 닥터쌩 유튜브에 들어갔다. 댓글창은 막혀 있었다. 대신 이런 안내가 있었다.

댓글 한 줄이 선입견을 줄 수 있으므로 방송이 끝날 때까지 댓글은 정중히 사양합니다.

닥터쌩이 이십 년이 다 된 경차에서 내렸다. 그리고 랜턴을 켜지 않은 채 초록대문 집 문을 밀었다. 한없이 맑은 밤하늘에서 한없이 둥근 보름달이 한없이 밝은 빛을 내뿜고 있었다.

끼이이익.

초록대문은 요란하고 거친 소리를 냈지만 소리와는 다르게 가볍게 열렸다.

"안으로 들어가도록 하겠습니다. 지난번에 왔을 때는 영혼이 굉장히 화가 많이 난 상태여서 대화는커녕 방 안으로 발도 들여놓지 못했는데요. 오늘은 과연 어떨지 모르겠습니다. EMF 측정기, 고스트박스, EVP 녹음기 모두 완벽하게 준비되었고요. 자, 저기 정면으로 보이는 곳이 본채입니다. 마루가 있고 방이 세 칸있고요. 주방이 있습니다. 저쪽이 화장실인데요, 현대식으로 개조한 주방과는 다르게 재래식 그대로입니다. 그런데 제가 며칠 동안이 집에 대해 캐고 또 캔 결과 화장실이 재래식인 데는 이유가 있었습니다. 일단 화장실로 가까이 가 볼까요?"

닥터쌤은 성큼성큼 화장실로 걸어갔다.

"EMF 측정기가 조용하지요? 화장실에는 그 어떤 영혼도 없다는 뜻이지요. 사실 집주인이 화장실을 개조하지 않은 것은 화장실에 살고 있는 영혼 때문이었다고 해요. 처음에는 영혼이 있는지 어땠는지 모르는 상태에서 화장실을 개조하려다가 큰일을 당했지요. 한쪽 팔에 마비가 왔다고 해요. 그래서 화장실 개조하는 걸 그만두었어요. 화장실에 있던 영혼이 언제 왜 떠났는지 모르지만 현재는 없어요."

닥터쌤이 화장실 문을 벌컥 열었다. 환한 빛이 화장실 안에 가득 찬 어둠을 밀어냈다.

"와, 냄새."

닥터쌤이 화장실 문을 닫았다.

"그럼 본채로 가 보도록 하겠습니다. 지금은 고요한 EMF 측정기인데요. 잠시 후에는 요란스럽게 울릴 겁니다. 자기장과 영혼을 감지하면 울리거든요."

저벅저벅! 닥터쌤은 발소리를 내며 본채로 걸어갔다. 그러고는 마루 위로 올라갔다. 나는 숨을 죽였다. 지난번에는 닥터쌤이 마루에 올라서는 순간 영혼이 화를 냈다고 했다. 이번에는 지난번과 달랐다. 닥터쌤은 가뿐하게 마루에 올라섰다.

"다행입니다. 오늘은 화를 내지 않습니다."

그 순간이었다.

삐삐삐삐삐.

EMF 측정기가 요란스럽게 울렸다. 닥터쌤이 중간방 문을 활짝 열었다.

"잠깐."

나는 눈을 크게 뜨고 화면에 집중했다. 환한 빛이 보름달빛이라고 생각했는데 아니었다. 닥터쌤 뒤로 누군가 랜턴을 비추고 있었다. 닥터쌤은 혼자가 아니었다. 좀 전에 차에서 내릴 때는 분명 혼자인 거 같았는데 누군가 있었다.

닥터쌤이 방 안으로 한 발을 들여놨다. 삐삐삐 소리가 더 요란해졌다. 그러더니 찌지지지직! 소리도 들렸다.

"잠시만, 잠시만. 조금 더 크게 말해 봐."

닥터쌩이 소리쳤다. 순간 심장이 오그라드는 느낌이었다.

찌지지직 소리에 무슨 소리가 섞여 들렸다. 동굴에서 울부짖는 동물의 울음소리 같기도 하고 처절한 비명 소리 같기도 했다. 그만 보자, 방송에서 나오자, 휴대폰을 끄자. 나는 마음속으로 소리쳤다. 하지만 손이 말을 듣지 않았다. 몸이 얼어붙은 듯 움직이지 않았다.

"비 내리는 날 밤."

닥터쌩이 말했다.

"그래, 좋아. 다 들어 줄게. 다 말해 봐. 아, 아이들? 네가 기다리는 아이들은 오지 못했어. 비 내리는 밤, 건너편에."

"미치겠네."

나는 나도 모르게 소리쳤다.

"기다리는 아이들, 비 내리는 밤 건너편에!"

심장이 아래로 곤두박질쳤다. 심장이 곤두박질치는 것과 동시에 휴대폰이 손에서 미끄러져 나가 침대를 한 번 때린 다음 방바닥으로 떨어졌다. 바닥에 떨어진 휴대폰에서 닥터쌩의 목소리가 계속 들렸다. 찌지지직! 요란한 소리도 방 안에 가득 찼다. 창문을 통해 들어온 달빛이 소리를 따라 정신없이 흔들렸다. 그 속도에 맞춰 내 가슴이 요동쳤다.

"절대 용서하지 못한다고? 누굴?"

찌지지지지직 찌지지직.

찌지지지지직, 삐삐삐 소리와 뒤섞인 닥터쌩의 목소리가 점점 커졌다. 나는 심호흡한 다음 휴대폰을 집어 들었다. 그리고 라이브 방송을 꺼 버렸다.

방 안에는 한순간 고요가 찾아왔다. 온몸에 땀이 흥건했다.

'정말 해초 영혼이라면 알고 있는 거야. 그날 밤 내가 그곳에 서 있었던 것을.'

나는 두 손으로 머리를 감쌌다. 말로 표현할 수 없는 절망감 같은 게 내 몸을 감쌌다.

닥터쌩을 만나면서도 나는 영혼은 있을 수도 있고 없을 수도 있다고 생각했다. 오십 대 오십의 확률에서 '없다'에 더 무게를 두었다. 그래서 초록대문 집에도 갈 수 있었던 거다.

인터넷 검색창에 '흉가탐험대'를 검색했다. 유튜브 동영상이 여러 개 떴다. 닥터쌩 말고도 흉가탐험대는 수없이 많았다. 수없이 많은 흉가탐험대는 수없이 많은 흉가에서 수없이 많은 영혼을 만났다. 영혼들은 자신의 영역에 들어오는 것을 허락하지 않을 때도 있었다. 현대 기계 장비에 자신의 억울함을 호소하기도 했다. 보면 볼수록 영혼은 실제로 존재하는 게 분명했다.

다음으로 '무당'을 검색했다. '영혼을 보는 사람들'도 검색했다. 닥터쌩에게는 무당의 DNA가 있다고 했다, 이미 알고 있던 것들이 지금에서야 새롭게 다가왔다.

나는 다시 닥터쌩 유튜브에 들어갔다. 이미 라이브는 끝나 있었다.

조회수는 엄청났다. 방송이 끝나고 나서 댓글창을 열었는지 댓글도 수백 개가 달려 있었다.

—그 아이, 진짜 불쌍하다. 공부도 되게 잘했다던데.

—누구냐? 그놈을 잡아야지.

—세 명이 범인을 알고 있는 거 같던데. 누구냐?

—에이, 세 명이 범인을 알고 있다는 게 아니라 세 명의 아이들을 만나고 싶다잖아.

—야, 방송을 보려면 앞뒤 맥락 파악해 가며 봐라. 세 명이 증인 같은 느낌이 팍 오던데.

—닥터쌩, 역시 연출의 대가군.

연출의 대가라는 댓글을 읽는 순간 비옷 입은 남자가 떠올랐다. '연출'은 비옷 입은 남자가 했던 말이었다.

연출의 대가라는 말에 대댓글이 달렸다. 혹시 네가 범인이냐? 아무래도 범인 냄새가 난다, 누구냐, 자백해라. 닥터쌩에 대한 구독자들의 신뢰는 견고했다. 많은 사람들이 닥터쌩을 믿고 있었다. 그리고 닥터쌩에 대한 정보도 대댓글에 있었다. 닥터쌩의 할머니와 엄마는 족집게 무당이라고 했다. 불쌍한 이들을 모른 척하지 않았다고도 했다. 귀신에게 괴롭힘을 당하는 사람들이 있으면 거저 굿을 해 주기도 했다고 한다. 닥터쌤 할머니와 엄마에게 도움을 받은 사람들이 닥터쌤의 팬이 되어 견고한 담을 쌓는 데 벽돌이 되고 철근이 되어 주고 있는 듯했다.

—그런데 참 이상하지. 그 캠프 대장이 기획하는 캠프에서 3년 전에도 성폭행 사건이 있었거든. 그런데 피해자가 죽지 않아서인지 그냥 묻혔어. 나는 이상한데 다른 사람들은 이상하지 않은가 봐.

—진짜? 진짜 그런 일이 있었어?

—나 댓글 같은 거 처음 달거든. 도저히 달지 않고는 참을 수가 없어. 경찰은 그 캠프 대장 제대로 조사한 거 맞지?

—그 집에 CCTV 없었나?

—그 시골 구석 빈집에 CCTV가 어디 있냐? 너희 집에는 CCTV 있냐?

—어이, 집 안 말고 주변에 CCTV 없느냐는 말이잖아? '강따라산따라'댁은 아까부터 앞뒤 맥락을 파악 못 하나?

—그래, 나 앞뒤 맥락 파악 못 한다. 그러는 '낮도깨비' 너는 똑똑하냐? 서울대학교 나왔냐? 유튜브마다 댓글 달고 다니는 거 같은데, 그렇게 똑똑한 새끼가 온종일 유튜브만 보냐?

—이게 어디서 욕이야?

나는 댓글 읽는 걸 멈췄다. 심호흡을 한 다음 영상을 클릭했다.

"세 명? 세 명을 만나고 싶다고?"

닥터쌤이 묻자 찌지지직 소리에 정체를 알 수 없는 소리가 섞여 들렸다. 닥터쌤은 계속 세 명이 누구냐고, 구체적으로 말해 달라고 물었다. 하지만 더 구체적인 정보는 나오지 않았다. 구체적인 정보가 나오지 않더라도 서린이 말대로 세 명의 아이는 나와 서린이, 수민이가 분명했다.

해초 영혼이 정말로 존재한다면 해초가 기다리는 아이들은 우리 셋일 거다. 우리는 같은 학교에 다녔고 같은 반이었고 같은 캠프에 갔었다. 같은 학교에 다니고 같은 반이고 같은 캠프에 갔던 게 무슨 잘못이냐고 엄마가 그랬다. 엄마 말대로 잘못은 아니다. 하지만 같은 학교에 다니고 같은 반이고 같은 캠프에 갔다면 다른 아이들과는 뭔가 달라야 한다. 거기에다 나는 다른 아이들이 모르는 것을 알고 있다. 해초 영혼이 정말 존재한다면 해초는 나에게 할 말이 있을 거다.

'아, 몰라.'

나는 이불 속을 파고들었다. 물컹거리는 것이 심장에 달라붙어 심장이 뛸 때마다 붙잡고 늘어졌다.

목소리의 주인

"또요? 죄송하지만 바빠요. 저도 바쁘고 우리 아이도 바빠요. 더는 경찰서에 들락거릴 시간 없다고요. 글쎄, 왜 자꾸 오라 가라 하는 거예요? 쪽지에 우리 아이 이름이 쓰인 거하고 우리 아이하고 관련이 있다는 증거라도 나온 건가요? 머리 감은 게 아니라 비라도 맞은 거라는 증거가 나왔냐고요."

엄마는 경찰서에서 온 전화에 날카롭게 반응했다. 그러나 결국은 이번이 마지막이라는 말을 하고 말았다.

"이러다 경찰서와 정들게 생겼네. 정들어서 좋을 거 하나도 없는데. 참 나 원, 경찰이 오라는데 안 갈 수도 없고. 이번 일 끝나고 나면 굿이라도 한 번 해야 하나? 올해 구설수가 있나? 새해 초부터 계속 경찰서를 들락거리네. 장도수, 너는 그냥 가만히 있어. 쓸데없는 소리 하지 말고."

엄마가 자동차 문을 닫으면서 다짐을 놓았다.

"쓸데없는 말, 뭐?"

"아무 말도 하지 말라는 뜻이야. 경찰이 은근슬쩍 유도하는 말에 홀딱 넘어가지 말라고."

"뭘 유도하는데?"

"얘가 진짜 왜 이래? 정말 몰라서 꼬치꼬치 따지고 드는 거야? 뭘 물어볼지 모르지만 아무튼 아무 말도 하지 말고 대답은 예, 아니오만 해. 알았어? 말 한마디 잘못하면 없는 죄도 만들 수 있어."

엄마가 한숨을 내쉬며 말했다. 그리고 경찰서 문을 열었다.

"제가 저번에 분명 마지막이라고 말씀드렸는데 이런 식으로 자꾸 부르면 곤란해요. 이번이 정말 마지막이에요. 다음에는 아무리 불러도 절대 안 온다고요. 절대요."

엄마는 경찰 앞에 서자마자 얼굴부터 찡그렸다.

"죄송합니다. 하지만 해초 부모님 입장을 생각하셔서 조금만 이해와 협조 부탁드립니다."

"여태 그래 왔잖아요? 부르면 달려와서 협조했잖아요. 며칠 뒤면 새 학년이 시작됩니다. 그것도 중3이에요. 중3이 얼마나 중요한 시기인지 아세요? 물론 해초를 생각하면 마음 아프고 안타깝지만 다른 아이들은 일상으로 돌아가야 하잖아요. 가만 놔두어도 충격을 받아서 평범한 일상으로 돌아가기 힘든데 자꾸 이런 식으로 들쑤시면 곤란하다는 뜻이에요."

114

엄마 말에 경찰의 미간이 살짝 구겨졌다.

"중3 중요한 시기죠. 저희 딸도 이제 중3이 되거든요. 그래서 잘 알고 있어요. 하지만 말입니다. 살아 있는 아이들은 힘들기는 하겠지만 시간이 지나면 일상으로 돌아갈 수 있어요. 언제 그런 일이 있었냐는 듯 지나간 시간은 잊게 되죠. 물론 가끔은 트라우마가 남는 경우도 있고, 그 점에 대해서는 저희가 조심하고 있고 또 죄송하게 생각하고 있습니다. 하지만 도수 학생과 함께 같은 교실에서 공부하고 웃고 떠들고 밥을 먹었던 해초는 영원히 일상으로 복귀하지 못합니다. 오늘 부득이하게 다시 부른 것은 서린이 학생이 하고 간 말 때문입니다."

"어머, 서린이도 왔었어요?"

"예, 오늘 아침에 일찍 다녀갔어요."

"그래야겠죠. 우리 도수만 참고인 조사다 뭐다 해서 부르면 불공평하니까요. 서린이가 무슨 말을 하고 갔는데요?"

잔뜩 구겨졌던 엄마 얼굴이 살짝 펴졌다.

"닥터쌤 유튜브라고 흉가를 찾아다니는 방송이 있나 봐요. 서린이 학생이 다녀간 다음 저도 찾아봤어요."

"흉가를 찾아다니는 유튜브요?"

엄마 얼굴이 다시 구겨졌다.

"도수 학생도 닥터쌤 유튜브 알고 있지?"

경찰이 물었다. 나는 엄마가 시킨 대로 '예'라고 대답했다.

"닥터, 닥터 뭐라고요?"

엄마가 나와 경찰을 번갈아 바라봤다.

경찰은 닥터쌩 유튜브에 대해 설명했다. 구독자가 엄청나고 또 새로운 구독자도 폭발적으로 늘어나고 있다는 말도 했다. 그리고 나와 서린이, 수민이가 닥터쌩의 유튜브를 보고 닥터쌩에게 연락했다는 말도 했다.

"미쳤어. 별짓을 다 하고 다녀."

엄마가 아랫입술을 질끈 깨물며 나를 쏘아봤다.

경찰이 나와 서린이가 두 번이나 닥터쌩을 따라 초록대문 집에 갔다는 말을 했을 때 엄마의 거친 숨소리가 들렸다. 닥터쌩의 라이브 방송 내용을 들은 엄마는 거의 울 지경이었다.

"그래서요? 아이들이야 호기심으로 그럴 수 있는 거 아닌가요? 설마 그 유튜버가 하는 말을 믿는 건 아니겠죠? 영혼이 나타나서 어쩌고저쩌고 떠든다는 그 말을 믿고 우리 아이를 부른 건 아니겠죠?"

"아휴, 그럴 리가요. 과학 수사! 이런 말 들어 보셨죠? 설마 저희 경찰이 흉가 탐험 유튜버 이야기를 듣고 혹해서 보자고 했겠어요? 그런 건 아니고요. 서린이 학생과 도수 학생이 유튜버를 따라 그 집에 갔을 때 만난 사람이 있대요. 비옷을 입은 남자라고 하던데요."

한순간 입 속이 바짝 말랐다. 목 안까지 갈라지는 느낌이었다.

116

"서린이 학생은 비옷 입은 남자의 목소리를 전에도 들은 적이 있다고 했어요. 그날 말이죠. 캠프 마지막 날에 해초 학생이 물을 가지러 주방에 갔을 때 창밖에서 누군가 도와달라고 했고, 그래서 해초 학생이 밖으로 나간 거라고 했거든요. 그런데 마침 서린이 학생도 그때 주방으로 들어갔고 도와달라고 말하던 그 목소리를 들었다고 해요. 해초 학생은 주방 뒷문으로 나가서 서린이 학생과는 마주치지 않았지만요."

"그 중요한 사실을 왜 이제야 얘기한대요? 해초가 주방에 있을 때 서린이 저도 주방으로 들어갔고 범인의 목소리를 들었다는 말을 처음에 했어야 하는 거 아닌가요?"

엄마가 물었다.

"글쎄요. 그 이유는 말하지 않았어요. 그렇다고 해서 제가 왜 그때 바로 말하지 않았느냐고 다그칠 수는 없잖아요. 아마 겁이 났겠죠. 사람이 겁이 나면 당시의 기억을 모두 잊고 싶어 하거든요. 아마 그런 심리일 수도 있죠. 이해해요. 지금이라도 말해 주는 것 역시 큰 용기가 필요했을 거예요."

"하긴, 그런 말을 하기는 쉽지 않죠. 요즘 세상이 워낙 무섭잖아요. 감당하기 힘든 일을 당할 수도 있으니까요. 서린이가 용기를 낸 거 맞아요. 그런데 서린이가 그 말을 한 거하고 우리 도수하고 무슨 상관이라도 있나요?"

"아, 예. 도수 학생, 혹시 도수 학생도 그 목소리가 낯설지 않다는 생각을 했니? 들어 본 적 있다는 생각을 했어? 서린이 학생 말에 의하면 도수 학생이 목소리 파악을 아주 잘한다고 하던데. 작은 소리도 잘 듣고 한번 들은 목소리는 절대 잊지 않는다면서."

경찰이 물었다. 순간 엄마와 눈이 마주쳤다. 엄마가 경찰에게 무슨 말인가 하려고 입술을 달싹이는 순간 내 입이 먼저 움직였다.

"자, 자, 잘 모르겠어요."

나는 잘라 말했다. 내가 왜 이렇게 단칼에 잘라 말하는지 스스로도 놀랄 정도였다.

"그날 밤 우리 도수는 주방에 가지 않았어요. 그러니 당연히 그 목소리를 들었을 턱이 없지요. 서린이가 무슨 생각으로 그런 말을 하고 갔는지 모르겠지만 목소리에 대해서 우리 도수가 할 말은 없는 거 같아요. 그럼 그만 가 보도록 하겠습니다."

엄마가 내 팔을 잡고 일어났다. 엄마는 경찰서를 나오며 다행이라고 했다.

"대답 잘했어. 아무튼 다행이다. 서린이가 말한 그 사람이 범인이 분명해. 나는 도수 네가 범인으로 몰리는 거 같아서 조마조마했거든. 너도 생각해 봐. 네 이름이 적힌 쪽지가 나온 것도 모자라서 그날 밤 머리가 흠뻑 젖어서 들어왔다고 하질 않나. 아휴, 밥도 제대로 못 먹고 잠도 깊이 못 잤단 말이야. 다행이다, 다행이야. 서린이한테 말도 못 하게 고맙네. 늦게라도 말해 주어서 말이야. 이따 나연이한테 전화 좀 해 봐야겠다. 그런데 장도수, 엄마한테만 솔직히 말해 봐. 너 머리 감았던 거 맞아?"

"맞아. 머리 감은 거."

나는 엄마 말이 끝나기 무섭게 대답했다. 그리고 더 이상 엄마와 말을 하고 싶지 않아 휴대폰을 뒤적거렸다. 하지만 손은 휴대폰을 만지고 있으면서도 생각은 다른 곳에 있었다.

'서린이가 숨기고 있었던 말을 갑자기 한 이유가 뭘까? 타살 가능성이 있다고 해서?'

나는 차창 밖을 바라봤다.

'나는 어떻게 해야 하는 거지?'

경찰의 질문에 일 초도 망설이지 않았던 내가 양심이라고는 티끌만큼도 없는 아이처럼 여겨졌다.

집으로 돌아와 바로 침대에 누웠다. 누굴까? 비옷 입은 사람의 정체는.

해초 엄마가 내밀던 종이 속의 인물들이 하나하나 떠올랐다. 캠프 대장과 세 명의 캠프 스태프들, 그리고 아이들. 그중에 목소리의 주인공이 있는 걸까?

'아니지.'

나는 고개를 저었다. 비록 캠프 기간 내내 같이 있지는 않았어도 잠깐씩 캠프장에 다녀갔던 사람들도 의심해야 하는 거 아닌가?

나는 음식을 배달해 주던 사람들의 모습을 떠올렸다. 음식 배달 업체에서는 캠프 내내 같은 사람이 나왔다. 젊은 남자 두 명과 나이가 꽤 많아 보이는 할머니 한 명. 세 명 다 흰 위생복을 입고 위생모를 썼다. 참 이상하게도 유니폼을 맞춰 입으면 그 사람이 그 사람 같은 느낌이 든다. 얼굴을 기억해 내려고 해도 유니폼만 떠오른다. 세 사람 역시 윤곽이 뚜렷하게 떠오르지는 않았다. 모습이 떠오르지 않아서인지 목소리는 아예 감도 잡히지 않았다.

'얼굴을 본 적이 있어야 목소리도 기억할 수 있는 건가?'

등골을 타고 소름이 돋았다. 혹시 그렇다면 나는 비옷 입은 남자의 얼굴을 본 적이 있다는 말이다.

나는 천천히 강사들 얼굴도 하나하나 기억해 냈다. 네 명의 강사 중 두 명은 여자였다. 나머지 두 명의 목소리는 또렷하게 기억났다. 좁은 공간에서도 마이크를 사용했는데 귀청이 터져 나가도록 마이크 성능이 좋았다. 두 명의 강사 목소리도 그 목소리는 아니었다.

사라진 서린

엄마가 방문을 벌컥 열었다. 짜증이 확 올라왔다. 중학교 삼 학년이나 되는 아들 방문을 저런 식으로 예고도 없이 퍽퍽 열어도 되는 건가? 노크까지는 바라지도 않는다. 조심스럽게 살포시 열기라도 하면 이 정도로 짜증이 밀려오지는 않을 거다.

"도수야, 서린이가 아직 집에 안 들어왔다는데 어디 갔는지 아니? 휴대폰도 집에 두고 나갔다는데."

나는 휴대폰을 확인했다. 밤 열두 시가 다 되어 가고 있었다.

"아니, 모르는데."

그러고 보니 서린이에게 문자가 온 지 꽤 오래된 듯했다.

서린이는 오후 두 시 정도에 집에서 입던 옷차림에 트레이닝복 하나만 걸치고 슬리퍼를 신고 나갔다고 했다. 멀리 갈 생각은 전혀 없었던 거다.

서린이 엄마는 경찰서에 신고했다. 그런데도 서린이는 돌아오지 않았다. 아침이 되고 점심때가 되어도 돌아오지 않았고, 아무 연락도 없었다. 엄마는 서린이 집으로 갔다. 서린이 엄마와 같이 서린이를 찾아본다고 했다. 경찰이 서린이네 아파트 주변 CCTV를 확인했고 엄마는 경찰서에서 연락이 올 때마다 나에게 알려 주었다. 서린이의 마지막 모습이 찍힌 것은 큰길 건너에 있는 카페 건물 옆 CCTV라고 했다. 서린이는 카페 건물 옆 골목으로 사라졌고 그 골목에는 CCTV가 없었다. 골목으로 사라진 서린이 모습은 다시 골목 밖으로 나오지 않았다. 골목 반대편 길로도 나오지 않았다고 했다. 서린이가 골목 밖으로 나오지 않았다는 뜻인데, 그 골목에는 별게 없었다. 아주 오래된 공원이 있는데 곧 건물이 들어설 예정이라서 공원 역할도 제대로 하지 못하는 을씨년스럽기만 한 공터에 불과했다. 그리고 낡은 집 몇 채와 오래된 가게가 하나 있었다. 밖으로는 새 아파트 단지와 휘황찬란한 건물들이 앞다퉈 세워져 있지만 골목 안으로 몇 발자국만 들어가면 다른 세상이었다.

골목 안에서 어디로 사라진 거냐고 서린이 엄마는 발을 동동 굴렀다. 집집마다 문을 두드리고 다니며 서린이 사진을 들이밀었다. 그러나 서린이를 봤다는 사람은 없었다. 아니, 문도 제대로 열어 주지 않았다.

저녁이 되어도 서린이는 돌아오지 않았고, 한 가지 새로운 사실을 알게 되었다. 서린이가 들어간 골목 반대편 길에는 CCTV가 있었다. 하지만 고장이었다. 언제부터 고장이 났는지 알 수 없다고 했다. 서린이 엄마는 고장 난 걸 그대로 방치할 거면 CCTV는 뭣 하러 달아 놨느냐고 경찰에게 따졌다. 하지만 따진다고 해서 달라지는 건 없었다.

"도수야, 서린이 엄마 앞에서는 차마 이 말을 할 수가 없었는데 있지. 며칠 전에 경찰이 했던 말 기억나지? 서린이가 용기 내서 했다는 그 말 말이야. 설마 그 목소리의 주인공이 서린이를……. 설마 그럴 리는 없겠지? 아니지, 아니야. 설마가 사람 잡는다는 말이 있잖아. 그럴 수도 있지. 충격받을까 봐 말을 못 했는데 서린이 엄마한테도 이런 말은 해 주는 게 나아. 지금은 모든 가능성을 총동원해서 서린이를 찾는 게 가장 중요하니까."

엄마는 어떤 때는 자신의 예감이 무섭도록 잘 맞는다고 했다. 특히 좋지 않은 일에는 백발백중이라고 했다.

"엄마는 그런 말 하고 싶어?"

나는 진심으로 엄마를 원망했다.

"왜?"

"좋지 않은 예감은 무섭도록 잘 맞는다는 그런 말을 꼭 하고 싶냐고?"

솔직히 그 사람을 의심할 수 있다. 시기가 절묘하게 맞아떨어지니까. 하지만 엄마의 예감이 무섭도록 잘 맞느니 어쩌니 하는 말은 안 하는 게 나을 뻔했다.

서린이에게 무슨 일이 생기면 나는 아무렇지 않게 살 수 없을 거 같았다. 경찰이 목소리에 대해 물었을 때 나는 일 초도 망설이지 않고 모른다고 대답했다. 그때 모른다는 내 대답이 서린이가 돌아오지 않는 일과 관련이 있다면 정말 아무렇지도 않게 살 수 없을 것이다.

밤에도 서린이는 돌아오지 않았다.

수민이에게 전화가 왔다.

"서린이가 없어졌다면서? 도수 너한테도 아무 말 없이 사라진 거야? 대체 어딜 간 거지? 무슨 일 있나?"

수민이는 내 대답을 기다리지 않고 여러 가지를 계속 물었다. 어차피 대답을 바라고 묻는 말이 아닌 거 같아 입 다물고 있었다.

"내가 닥터쌤에게 너희를 데리고 간 게 잘못이었던 거 같아."

한참 동안 질문을 퍼붓던 수민이가 중얼거리듯 말했다.

"그게 무슨 말이야?"

"뭐가?"

"조금 전에 네가 한 말 말이야. 서린이가 집에 돌아오지 않는 거하고 닥터쌤하고 무슨 관계가 있다는 말 같잖아? 수민이 너 뭐 아는 거 있어? 있으면 빨리 말해. 사람이 사라지고 나면 골든타임이라는 게 있어. 그 시간 안에 찾아내야 해."

서린이가 경찰에게 했던 말을 수민이가 알 턱이 없다. 그런데도 닥터쌤이 어쩌고저쩌고하는 걸 보면 수민이가 뭘 알고 있는 게 분명한 거 같았다. 나는 해초 이야기를 하려다 말았다. 해초도 집을 나가고 난 뒤 빨리 찾았더라면 결과가 달라졌을 수도 있다는 말을 그대로 삼켰다.

"알긴 뭘 알아?"

수민이는 분명히 당황하고 있었다. 해초 영혼이 어쩌고저쩌고 횡설수설했다. 나는 그게 해초 영혼과 서린이가 사라진 것이 관련 있다는 말로 들렸다. 하지만 수민이는 내가 묻는 말에 대답 대신 횡설수설만 계속했다. 그러고는 전화를 끊어 버렸다.

다음 날 아침 엄마는 침대에서 일어나지도 못한 채 늘어질 대로 늘어진 목소리로 아빠에게 말했다.

"나 아침밥 못 하겠어. 서린이 때문에 신경을 하도 썼더니 기운이 하나도 없어. 오늘은 그냥 오렌지주스 한 잔 마시고 나가."

아빠가 출근하고 얼마 뒤 경찰서에서 전화가 왔다.

"아, 도수 학생. 엄마가 전화를 안 받으시네. 잠시 좀 다녀갈 수 있을까? 어제 서린이 학생 어머니께서 다녀가셨거든. 어머니한테 말씀드리고 잠시 왔다 가면 고맙겠다. 아, 아니다, 아니야. 내가 저번에 마지막이라고 약속을 했는데 또 부른다는 게 좀 그렇네. 내가 갈게. 잠시 아파트 놀이터나 공원 같은 곳에서 좀 볼까?"

나는 경찰과 삼십 분 뒤 아파트 공원에서 만나기로 했다.

경찰은 정확하게 시간을 지켜 나타났다.

"서린이 학생 어머니는 서린이 학생이 나를 찾아와서 비옷 입은 사람에 대한 이야기를 했던 것조차도 모르고 계시더라고."

경찰은 정면으로 내리쬐는 햇볕에 얼굴을 찡그리며 말했다.

"그 사람 말이야. 그 사람으로 추측되는 사람이 있거든."

"그 사람이요?"

그 사람이라면 비옷 입은 사람? 나는 놀라서 경찰을 바라봤다.

"내가 이런 말까지 도수 학생한테 하는 이유는 한 가지야. 도수 학생은 별것 아니라고 여기는 것도 수사에는 아주 큰 증거가 되기도 해. 해초 학생 사건이든 서린이 학생 사건이든."

'서린이 학생 사건'이라는 말에 가슴이 덜컥 내려앉았다.

"사건이라는 말을 쓰는 게 맞나요?"

나도 모르게 따지듯 말했다. 사건이라는 말은 심장을 쪼그라들게 만들었다. 경찰은 나를 물끄러미 바라봤다.

"어찌 되었든 집을 나가고 이틀 동안 돌아오지 않고 있으니까."

잠시 후 경찰이 말했다.

"그 사람 말이야. 며칠 전에 경찰서에 한 번 다녀가기도 했지. 하지만 그때는 서린이 학생의 말을 듣기 전이었어. 그냥 참고할 일이 있어서 불렀지. 서린이 학생의 말을 듣고 나서 목소리의 주인공에 대해 집중적으로 파헤치기 시작했어. 해초 학생이 도와달라는 말에 별 주저 없이 나간 것은 아는 사람일 가능성이 크고, 그렇다면 캠프와 관련된 사람일 거라는 결론을 내렸지. 그런 결론을 내리고 하나하나 짚어 나가다 보니 그물망 밖으로 빠져나간 사람이 두 명 있더군. 그래서 연락을 해 봤는데, 며칠 전에 경찰서에 다녀가기까지 한 사람이 연락이 안 돼."

"그 사람이 누군데요?"

캠프에 관련된 사람이라면 나도 알고 있는 사람이다.

"음, 그건 말할 수 없고 말이야. 도수 학생, 잘 생각해 봐. 비옷을 입고 나타났던 그 사람 얼굴 전혀 못 봤니? 살짝이라도 못 봤어? 살짝이라도 봤다면 목소리를 기억해 내는 데도 도움이 되거든."

"얼굴은 전혀 못 봤어요. 그 사람이 서린이를 납치한 건가요?"

"얼굴은 전혀 못 봤다? 그럼 얼굴 말고 뭐 아는 거 있어? 혹시 목소리?"

경찰은 예리했다. 아차 싶었다. 이 상황을 무슨 핑계로 빠져나가나 머릿속이 한순간 복잡해졌다.

그때였다. 경찰의 휴대폰이 요란하게 울렸다.

"아, 예. 예? 아, 예. 다행입니다. 일단 알겠고요. 서린이 학생이 좀 쉬고 나서 천천히 이야기를 들어 보도록 하죠."

"서린이가 돌아왔어요?"

경찰이 고개를 끄덕이며 전화를 끊었다.

경찰이 돌아가고 나서도 나는 그 자리에서 일어나지 못했다. 서린이가 돌아와서 다행이다. 그런데 나는 가슴속에서 요동치는 물컹물컹한 것 때문에 꼼짝할 수가 없었다. 심호흡한 다음 천천히 숨을 내뱉었다.

'이러다 죽는 거 아니야?'

나는 하늘을 쳐다봤다. 시시때때로 심장을 잡아당기는 이것이 언젠가는 내 몸속의 모든 장기를 점령할 거 같았다. 혈관을 막고 모든 장기의 출입구를 꽉 틀어막을 거 같았다.

"찌질이."

나는 내 머리를 쥐어박았다.

'그럼 얼굴 말고 뭐 아는 거 있어? 목소리?'

경찰이 물었을 때 나는 어떻게 하면 내가 한 말을 주워 담고 그 순간을 모면할 수 있을까 머리를 굴리고 있었다. 해초는 죽었고 서린이는 집에 돌아오지 않는 마당에 말이다.

엄마가 서린이 엄마에게 전화를 했다. 서린이는 자고 있다고 했다. 어떤 말도 하지 않고 집에 돌아오자마자 잠을 잔다고 했다. 도저히 깨울 수 없을 정도로 깊은 잠을 잔다고 했다.

"그래, 푹 자게 놔둬. 자고 일어나면 천천히 물어보면 되는 거지. 급할 거 없잖아? 돌아왔으면 됐지."

엄마가 말했다.

저녁 무렵 서린이에게 전화가 왔다. 나는 조심스럽게 물었다.

"어떻게 된 거냐?"

"그럴 일이 있었어."

서린이 목소리에서는 아직도 잠이 뚝뚝 떨어졌다.

"도수 너도 걱정을 많이 했다고 해서 전화한 거야. 너희 엄마가 우리 엄마랑 쭉 같이 다니면서 나를 찾았다고? 고맙다. 내 걱정을 그렇게 많이 해 주는 사람들이 있다니 놀랍기도 하고."

"혹시……."

나는 말을 하다 멈췄다. 혹시 비옷 입은 남자한테 납치당했던 거냐는 말을 하고 싶었지만 아무래도 해서는 안 될 거 같았다.

"혹시 뭐?"

서린이가 물었다.

"아니야."

"아니긴 뭐가 아니야? 납치당한 거 아니었냐고 묻고 싶은 거지? 우리 엄마도 그걸 제일 먼저 물어봤어. 그런 거 아니다. 아함, 졸려. 좀 더 자야겠어. 엄마가 너한테 전화 한 통 해 주라고 하도 난리를 치는 바람에 전화한 거야. 네가 내 걱정을 그렇게도 많이 했냐? 의외네. 아무튼 고맙다. 진심으로 걱정했다고 믿을게. 나중에 전화할게."

서린이는 전화를 끊었다. 듣고 보니 기분 나빴다. 진심으로 걱정했다고 믿는다니. 뭔 말을 이렇게 배배 꼬이게 한담. 그럼 내가 하나도 걱정되지 않는데 걱정하는 척했다는 거야, 뭐야. 전화해서 말을 그따위로 하느냐고 따지고 싶은 걸 참았다.

다음 날, 아침에 만나자는 서린이의 문자를 받고 공원으로 나갔다. 서린이는 피곤해 보였다. 나는 먼저 말을 꺼내지 않았다. 진짜로 걱정한 게 아니라 걱정하는 척했다는 뉘앙스가 풍기는 말을 듣고도 어디에 갔었냐, 무슨 일이 있었냐 묻는 것은 자존심을 팔아먹는 짓 같았다.

"잠깐 몸을 숨겼지."

서린이가 주머니를 뒤적여 사탕 두 개를 꺼내 하나를 내밀었다. 설탕덩어리가 박힌 사탕이었다.

"뭐야? 누가 사탕 먹고 싶대? 나 사탕 같은 거 안 좋아하거든."

"안 좋아하면 말고. 단걸 먹으면 얼마나 마음이 편해지는데. 청심환보다 훨씬 나아. 도수 너 그거 알아? 청심환은 자주 먹으면 중독되거든. 처음에는 하나만 먹어도 떨리는 가슴을 진정시킬 수 있는데, 중독되면 하나 갖고는 어림도 없어. 두 개를 먹게 되지. 나중에는 두 개로도 부족해. 그래서 세 개를 먹게 돼."

나는 청심환 이야기를 하는 서린이 입을 물끄러미 바라봤다. 청심환 이야기를 왜 저렇게 길게 열심히 하는지 잘 이해되지 않았다.

"하지만 사탕은 아니야. 당분도 중독이 있다고 하는데 약 중독에 비하면 표도 안 나. 떨릴 때, 공연히 가슴이 뛸 때, 뭔가 찜찜할 때 하나만 먹어도 마음이 편해지거든. 맛도 좋고 말이야."

서린이는 사탕 이야기도 길게 열심히 했다.

"도수 너는 마음이 편해?"

그러다 뜬금없는 질문을 했다.

"마음 안 편할 이유는 뭔데?"

나는 되물었다.

"왜 이렇게 까칠하게 대답해? 마음 편하니?"

"무슨 말이냐고?"

"해초가 그렇게 되었는데 마음이 편하냐고? 밥도 잘 먹을 수 있어? 소화는? 소화도 잘돼?"

나는 아무 대답도 하지 못했다. 이런 질문을 대놓고 받는 것은 처음이었다. 아니라고, 밥은 대충 먹는데 소화는 안 된다고. 물컹거리는 뭔가가 심장에 매달려 위장까지 점령하고 심심하면 명치 끝을 쑤셔서 아주 죽을 지경이라고 말하고 싶었다. 그렇게 말하고 나면 물컹거리는 것도 밖으로 튀어나올 거 같았다. 하지만 그럴 수가 없었다. 서린이는 아사삭! 사탕을 깨물었다.

"왜 몸을 숨겨? 뭐 죄지은 거 있냐?"

나는 대답 대신 물었다.

"설마 몰라서 묻는 거 아니지? 내가 경찰한테 비옷 입은 남자 이야기를 했잖아? 결국은 그 남자가 범인이라는 말을 한 건데, 그런 엄청난 고백을 하고 나서 아무렇지도 않았을 거라고 생각하는 건 아니지? 엄청 무서웠어. 지금도 여전히 무섭고. 그날 말이야. 엊그저께 내가 집에서 나왔던 날, 사실은 편의점에 가려고 했거든. 금방 갔다 오려고 휴대폰도 안 가지고 갔었어. 그런데 아파트 상가에 도착하는 순간 상가 편의점에는 내가 찾는 게 없다는 사실이 생각났어. 몇 번인가 그 편의점에서 사려고 했었는데 아예 취급도 안 하더라고. 바로 이거."

서린이가 주머니에서 또 사탕 하나를 꺼내 흔들었다. 사탕을 좀 더 자세히 봤다. 보통의 사탕보다 크기가 좀 더 크고 색색의 설탕 덩어리가 달라붙어 있었다. 날씨가 더워지면 사정없이 녹아서 껍질에 축축 달라붙는 싸구려 사탕 같았다.

"그래서 이걸 산 가게로 갔던 거야. 좀 멀긴 해도 확실히 있는 곳이니까. 도수 너도 알지? 큰길 건너편 카페 골목. 공원 있는 데 말이야. 공원 바로 앞에 있는 작은 가게에서 이 사탕을 팔거든. 그런데 골목에 접어들었는데 뒤통수가 싸한 느낌이 드는 거야. 누군가 나를 따라온다는 느낌. 획 돌아봤는데 누군가 공원 나무둥치 뒤로 숨더라고. 그 사람이라는 확신이 들었어. 나는 뒤도 돌아보지 않고 달렸어. 큰길로 나와 버스 정류장에 서 있는 아무 버스나 타고 봤지. 그리고 찾아간 곳이 고모 집이야. 고모한테 부탁했어. 내가 고모 집에 있는 걸 비밀로 해 달라고. 집으로 돌아가면 그 의문의 사람이 나를 찾아올 거 같았거든. 그리고 집에 연락하면 우리 엄마 성격에 분명 고모 집으로 달려올걸. 그 사람이 엄마를 미행할지도 모른다는 생각이 들었어. 그것도 위험하잖아. 그렇다고 해서 모든 것을 다 사실대로 말하고 엄마한테 모른 척 집에 있으라고 말할 수도 없었어. 한마디로 잘라서 말하기에는 너무 복잡하잖아. 그런데 우리 엄마가 나를 찾으며 울고불고 난리가 났다는 거야. 고모가 저러다 엄마가 죽게 생겼다고 그냥 집에 가라고 했어. 그래서 돌아온 거야."

서린이가 내 눈을 빤히 바라봤다. 그리고 천천히 말했다.

"비옷 입은 남자 말이야. 그 남자가 닥터쌤에게 했던 말 기억 나? 비를 맞으면 아프다고. 그래서 기능성이 좋은 비옷은 무조건 산다고. 비옷이 많다고."

"응, 기억나. 그건 왜?"

서린이는 대답 대신 더 빤히 내 눈을 바라봤다.

"그 말 듣고 혹시 생각나는 거 없어?"

"없어."

"진짜 없어?"

"진짜 없어."

이 말은 사실이다.

"그만 가자."

서린이는 자리를 털고 일어났다.

"장도수."

헤어지기 직전 서린이가 걸음을 멈추고 하늘을 바라봤다.

"내가 왜 비옷 입은 남자 목소리에 대해 경찰에게 말한 줄 알아?"

서린이는 여전히 하늘을 바라보며 물었다.

"해초 엄마가 나를 찾아왔었어."

그랬구나. 해초 엄마가 찾아와서 아는 게 있으면 말해 달라고 했구나. 그래도 서린이가 나보다 낫다. 양심적이다.

서린이가 알고 있는 것

영원히 끝날 것 같지 않던 겨울이 어느새 끝나 가고 있었다. 코끝으로 느껴지는 2월의 마지막 바람은 곧 다가올 봄을 알리고 있었다.

자신을 미행하던 누군가를 피해 숨었던 서린이가 집으로 돌아온 지도 한 달이 지났다. 그동안 경찰은 나를 몇 번인가 더 찾아와 해초와 그날 밤, 그리고 비옷 입은 남자에 대해 묻고 갔다. 서린이와 수민이 역시 경찰서에 불려 가 똑같은 이야기를 반복했다. 하지만 비옷 입은 남자의 정체도 그날 밤의 범인도 끝내 찾을 수가 없었다. 그리고 얼마 뒤 경찰은 범인을 잡았다는 말 대신 다른 소식을 가져왔다. 해초의 죽음은 타살이 아니라고 했다. 그러나 해초가 죽었다는 사실은 여전히 변하지 않았다.

해초의 죽음이 타살이든 아니든 처음부터 중요하지 않았던 것처럼 사람들의 관심은 해초에게서 점점 멀어지고 있는 것 같았다. 엄마는 벌써 해초 일을 다 잊은 듯 내 교복 바지 걱정을 했다. 새로 사야 하는 건지 아니면 일 년을 그냥 버틸 것인지 아침 내내 갈등했다. 결국 새로 하나 사는 것으로 결론을 내렸다. 점심을 먹고 나서 교복 바지를 맞추러 가기로 했다.

점심을 먹기 직전 서린이에게 문자가 왔다. 닥터쌤이 이번 주 토요일, 그러니까 바로 내일 초록대문 집 탐험을 라이브로 방송할 거라고 했다. 서린이는 같이 가자고 했다.

—그 사람 만나면 어쩌려고? 올 수도 있잖아?

타살은 아니라고 결론이 났다. 하지만 비옷 입은 남자가 그날 밤 범인인 것은 변함이 없다. 나는 그 걱정이 앞섰다.

—만나려고 가는 거야. 만약 안 온다고 하더라도 그 사람은 닥터쌤 방송을 분명 찾아볼 거야.

얘가 대체 무슨 말을 하는지 모르겠다. 그 사람이 무서워서 고모 집에 가서 숨어 있었던 거 아닌가? 집에 연락도 못 한 채 말이다. 그런데 그 사람을 만나려고 가는 거라니. 서린이 속을 알 수 없어서 문자를 뚫어지게 쳐다보는데 전화가 왔다.

"같이 가자."

서린이가 다짜고짜 말했다.

"가자고."

내가 대답하지 않자 서린이는 짜증을 부렸다.

"나쁜 새끼. 나쁜 놈."

그러더니 욕까지 했다. 당황스럽기도 하고 황당하기도 했다.

"너는 해초가 네 이름을 적어서 휴대폰 케이스에 넣어 두었던 것에 대해 어떻게 생각해?"

서린이는 욕을 한바탕하더니 물었다.

"뭔가 있다고 생각하지 않니? 설마 해초가 너를 진짜 좋아해서 이름을 적어 보관했다는 말도 안 되는 상상을 하고 있는 건 아니지? 경찰한테 그렇게 말했다면서?"

하여간 세상에 믿을 사람 하나도 없다. 경찰도 마찬가지다. 엄마가 했던 말을 서린이에게 그대로 옮기다니.

"그렇다면 해초가 왜 그랬을까? 아무리 생각 없이 산다고 해도 그건 깊이 생각해 볼 문제 아니니? '나도 이유를 모른다' 이러고 말 게 아니란 말이야. 그러니까 내 말은 해초가 네 이름을 써서 휴대폰 케이스에 보관했던 이유가 분명 있을 거라는 말이지. 예를 들어서 그날 밤 그 범인 놈의 정체를 네가 알고 있다든가 아니면 그럴 가능성이 있다든가."

서린이의 말이 뒤통수를 치고 갔다. 어지럼증이 밀려왔다. 나는 자리에 쪼그리고 앉았다. 밀려왔던 어지럼증이 밀려가고 난 다음에야 정신이 번쩍 들었다. 서린이 얘가 뭘 알고 하는 말인지 아니면 짐작일 뿐인지 아리송했다.

"해초가 왜 쪽지에 네 이름을 적어서 보관했을까?"

"그걸 내가 어떻게 알아?"

나는 소리를 빽 질렀다.

"좋아, 해초가 네 이름을 적은 쪽지를 보관한 이유를 모른다고 쳐. 그럼 네가 아는 거 한 가지 물어봐도 돼? 가만있어 보자. 근데 휴대폰은 혼선 안 되나? 하긴 요즘 같은 시대에 내가 별걱정을 다 하네. 물어봐도 돼?"

나는 대답하지 못했다. 서린이가 묻고 싶은 게 뭔지 짐작조차 할 수 없고 겁부터 덜컥 났다.

"도수 너, 그날 머리가 흠뻑 젖어서 들어왔잖아? 둘러댈 생각 마라. 내가 똑똑히 봤으니까."

"봤다고? 뭘 봤는지 모르지만 그날 밤 나는 머리가 아파서 머리 감고 왔거든."

"너는 머리 감을 때 옷까지 다 적셔 가면서 감냐?"

쿵!

뚝!

심장이 떨어지는 것과 동시에 나는 전화를 끊었다.

서린이는 알고 있었다. 내가 비를 맞고 들어왔다는 것을. 그런데 왜 그걸 여태 모른 척해 주었을까? 서린이는 어디까지 알고 있을까? 쿵쾅쿵쾅! 떨어진 심장이 위로 솟구쳐 오르더니 다시 곤두박질쳤다. 나는 가슴을 움켜잡았다.

나는 한참 후에 서린에게 문자를 보냈다.

—누구누구 알고 있냐?

—뭘?

내가 뭘 묻고 있는지 빤히 알 텐데 서린이는 모른 척했다.

—내가 비 맞고 들어왔다는 거.

—나만 알고 있지.

순간 다행이다 싶으면서도 어쩐지 서린이에게 멱살을 잡힌 느낌이 들었다.

—같이 갈 거지?

서린이가 물었다. 안 간다고 하면 멱살 잡힌 목을 조여 올 거 같았다.

—응.

—좀 있다 문자할게.

나는 휴대폰을 꽉 쥐고 숨을 크게 들이쉬었다. 물컹물컹한 것이 숨구멍을 잡고 매달려 늘어지는 것도 모자라 이제 서린이까지 합세했다. 그런데 왜 서린이는 그걸 누구에게도 말하지 않았을까?

서린이에게서 다시 문자가 온 것은 두 시간 정도 지난 뒤였다. 아파트 상가 빵집으로 나오라고 했다. 서린이는 빵집 맨 구석 자리에 앉아 있었다.

"웬 빵집?"

나는 서린이 앞자리에 털썩 주저앉으며 퉁명스럽게 말했다.

"먹고 싶은 빵 있으면 사 와."

서린이가 주머니에서 만 원짜리 지폐 두 장을 꺼내 탁자 위에 올려놨다.

"됐다. 먹고 싶은 거 없어."

그때였다. 빵집 문이 열리더니 닥터쌤이 들어왔다. 닥터쌤은 이쪽을 힐끗 보고는 빵 몇 개와 음료수 세 잔을 사 들고 왔다.

"초록대문 집 탐험에 같이 가겠다고? 그래, 같이 간다면 나야 고맙지. 영혼이 너희를 기다리고 있거든."

"구독자들도 우리를 기다리고 있겠죠."

서린이가 말했다. 닥터쌤이 서린이를 힐끗 바라봤다.

"뭐, 그 말도 맞지. 그런데 말이다. 같이 가고 싶으면 토요일에 만나자니까 왜 굳이 지금 보자고 하는 거냐? 나 오늘 무지하게 바쁘거든. 이따가 흉가 탐험 라이브가 있어."

닥터쌤은 아이스커피를 물 마시듯 들이켰다.

"알아요. 냄새를 지독하게 풍기는 영혼이 있다는 그 흉가에 간다면서요? 방송 예고 댓글 보니까 구독자들 관심이 장난 아니게 많던데요. 돈 엄청 버시겠어요."

서린이 말에 닥터쌤 얼굴이 서서히 굳었다. 닥터쌤은 기분 나쁜 표정을 굳이 감추지 않고 컵을 탁자 위에 소리 나게 내려놨다.

"말에 이상한 느낌이 있다? 기분 나쁘지만 아무 말 하지 않을게. 할 말이 있다면서? 그게 뭔지나 말해."

"오늘 라이브 방송하는 흉가보다 구독자들을 더 열광하게 만들어 줄게요."

"뭔 소리야?"

"말 그대로예요."

"너 무슨 말을 하려고 그러는지 모르겠지만 사람이 참는 것도
어느 정도야. 나를 구독자들에게 사기 쳐서 돈이나 벌려는 사람
취급하는 거냐? 믿든 말든 네 마음이지만 나는 진짜로 영혼들의
말을 들어 주고 그들의 억울함을 풀어 줄 수 있으면 그렇게 해 주
려고 하는 사람이야. 나, 지금 빵을 네 얼굴에 던지고 싶은 거 꾹
참고 있으니까 말 가려 가면서 해라."

닥터쌩이 주먹을 불끈 쥐며 숨을 몰아쉬었다. 그러고는 자리를
박차고 일어났다.

"그런 거 아니에요."

서린이가 닥터쌩의 팔을 잡았다.

"제 말이 기분 나빴다면 죄송해요. 기분 나쁘게 하려고 한 말이
아니에요. 부탁을 하려면 그 대가를 주어야 한다고 생각했어요.
유튜버에게 가장 큰 대가는 구독자와 조회수, 추천이라고 생각했
고요. 그래서 그걸 강조한 거예요. 진짜 기분 나쁘게 할 의도는 눈
곱만큼도 없었어요. 부탁이 있어요. 꼭 좀 들어주세요."

서린이 말에 닥터쌩은 도로 자리에 앉았다.

"무슨 부탁인데?"

"일단…… 제가 무슨 말을 하든 화부터 내지 않겠다고 약속해

주세요."

서린이가 마른침을 삼켰다.

"좋아."

닥터쌩이 대답했다.

"제가 정보를 줄게요."

"무슨 정보?"

닥터쌩이 물었다. 서린이는 얼른 대답하지 못했다.

"무슨 정보냐고? 나 지금 진짜 바쁘거든. 장비 준비해서 출발해야 한다고."

"해초에 대한 정보요. 캠프 마지막 날, 비가 퍼붓던 그날 밤의 정보요."

"미안한데."

닥터쌩이 서린이 말을 끊었다.

"나는 정보 같은 게 필요한 사람이 아니야. 나는 영혼을 만나서 그 영혼이 하는 말을 그대로 전하는 일을 해. 무슨 정보인지 모르지만 몰라도 된다. 내가 정보를 알고 방송을 하면 정말 사기꾼으로 낙인찍힐 수도 있어. 정보가 있다면 나한테 말할 게 아니라 경찰을 찾아가는 게 맞아. 경찰에게는 도움이 될 거다."

"아니에요, 닥터쌩이 꼭 도와줘야 해요. 정보라는 말도 기분 나빴다면 죄송해요. 좀 도와주세요. 사실은 있잖아요."

서린이가 의자를 바짝 당겼다.

해초가 남긴 반지

나는 서린이 말을 듣는 순간 내 귀를 의심했다. 닥터쌩은 아이스커피 잔에 들어 있던 얼음 두 개를 꺼내 와자작 씹으며 서린이를 뚫어져라 쳐다봤다.

"그 말이 사실이니?"

닥터쌩이 물었다.

"사실이에요."

"사실이라면 말이다. 경찰부터 찾아가는 게 맞는 거 같다. 네 말대로 방송이 대박 날 수도 있겠지만 그건 내 양심이 허락하지 않아. 나는 영혼이 하지 않은 말을 마치 한 것처럼 거짓 방송을 할 수 없다고. 내가 비록 앞으로의 삶이 두렵고 무서워서 신내림도 받지 않은 겁쟁이기는 하지만 말이다, 그래도 영혼들을 이용해 먹는 그런 인간은 아니야."

"이용해 먹는 게 아니라 사실이라니까요."

"사실이라고 해도 결국은 거짓말하자는 말이잖아. 내가 산 사람을 대상으로 방송을 하는 사람이라면 선의의 거짓말이라고 생각하고 두 눈 질끈 감고 할 수도 있어. 나중에 그 사람에게 너를 위해서 그랬던 거라고 변명이라도 할 수 있으니까. 하지만 영혼한테는 그렇게 못 해. 영혼은 갑자기 깊이 숨어 버리기도 하거든. 한번 숨으면 절대 나타나지 않아. 대화하고 타협할 기회도 주어지지 않을 수 있단 말이야. 다시 한번 말하지만 경찰을 찾아가는 게 맞는 거 같다."

닥터쌩은 자리를 털고 일어났다.

서린이는 닥터쌩이 빵집을 나서서 건물 모퉁이를 돌아갈 때까지 눈 하나 깜짝이지 않고 노려봤다. 닥터쌩이 보이지 않자 서린이는 그제야 길게 한숨을 내쉬었다.

"김서린."

나는 조심스럽게 서린이를 불렀다.

"그 말이 사실이냐고 묻고 싶은 거지? 사실이야. 그러니까 묻지 마."

서린이는 빵을 크게 떼어 입에 넣고 우적우적 씹었다. 서린이 눈에 눈물이 가득 차올랐다. 그렁그렁 차오른 눈물은 눈꼬리를 타고 뺨으로 흘러내렸다.

"에이 씨."

서린이는 손등으로 눈물을 훔쳤다. 뒤편에 앉아 있던 아줌마 둘이 이쪽을 흘끔댔다. 아줌마들과 눈이 마주치는 순간 당황스러움이 몰려왔다. 우리 동에 사는 아줌마들이었다. 얼마 지나지 않아 내가 빵집에서 서린이를 울렸다는 말이 엄마 귀에 들어갈 거다.

"그만 나가자."

나는 아줌마들 눈치를 보며 서린이에게 속삭였다. 고맙게도 서린이는 순순히 일어났다.

"닥터쌤 말대로 경찰서에 가서 말하는 게 좋겠어."

빵집을 나와 서린이에게 말했다.

"나도 고민했어. 내가 뭐 아무 생각 없이 무조건 닥터쌤에게 부탁한 줄 알아? 처음에는 다들 모른 척하자는 분위기여서 나도 모른 척했어. 그게 해초를 위하는 건 줄 착각했으니까. 해초가 죽고 나서는 말하고 싶었어. 하지만 나는 그 남자가 누구인지 몰라. 그저 비옷을 입고 있었고 덩치가 컸다는 것만 확실히 알고 있어. 아니, 솔직히 말하면 해초가 죽고 나서는 무서웠어. 그래서 모른 척했어. 어차피 해초는 죽었는데 내가 그 말을 한다고 해서 달라지는 게 없다고 믿었어. 해초가 살아 돌아오는 것도 아니고 말이야. 그래도 아주 모른 척할 수는 없어서 수민이가 닥터쌤 흉가탐험대에 신청해서 초록대문 집에 가자고 했을 때 뿌리칠 수 없었어. 그러면 내가 진짜 나쁜 아이가 되는 거 같아서. 되게 웃기지. 본 건 절대 말하지 않고 혼자 비밀로 끌어안고 있으면서 초록대문 집에는 뭐 하러 가는지."

서린이가 픽 웃었다.

"해초 엄마 아빠가 타살 의혹을 제기했을 때부터 본격적으로 갈등하기 시작했지만, 그렇다고 해서 사실을 말할 용기는 없었어. 그날 해초 엄마가 찾아오지 않았다면 나는 영원히 입을 다물었을 거야."

타살 가능성이라니까 끝까지 타살 의혹이란다.

"갈등 끝에 비옷 입은 남자에 대해 밝힌 거야. 하지만 그날 밤 해초를 끌고 가던 비옷 입은 남자를 직접 봤다는 말은 할 수 없었어. 너무 무서웠어. 그래서 목소리만 들었다고 말한 거야. 모습을 봤다고 하는 것보다는 목소리만 들었다고 말하는 게 나를 지키는 거라는 생각도 들었고. 웃기지? 솔직히 비옷 입은 남자 입장에서 보면 모습을 봤거나 목소리를 들었거나 그게 그거일 수 있는데 말이야. 해초는 죽었는데 나는 있는 대로 몸을 웅크리며 사리고 있었어. 혹시라도 내가 작은 상처라도 입을까 봐. 그러면 무지하게 아플까 봐. 그런데 엊그제 해초 엄마가 다시 찾아왔어. 해초는 저 스스로 그런 선택을 했다더라. 그렇게 결론이 났대. 해초 엄마는 나를 보자마자 그렇게 말했어. 그러고는 그동안 경황이 없어서 잊고 있었다면서 이걸 내게 주었어."

서린이가 주머니를 뒤적여 반지를 꺼냈다. 아이돌 그룹 '원스'의 데뷔 5주년 기념 한정판 반지였다. 한정판 반지가 나올 때 얼마나 떠들썩했는지 아이돌 가수니 한류스타니 그런 것에 관심이 없는 나 같은 애도 원스의 5주년 기념 한정판 반지는 알고 있었다. 나는 한정판 반지에 열광하는 아이들을 보고 좀 의아했다. 아니, 한정판 반지를 만든 원스의 소속 기획사가 좀 이상하다는 생각을 했다. 커피 전문점은 한정판 기념품을 만들 때 컵을 만든다. 커피와 관련이 있는 물건이다. 운동화 회사는 한정판 운동화를 만든다. 그런데 가수의 5주년 기념 한정판으로 왜 반지를 만드는지 이해 불가였다.

"해초가 집을 나가기 이틀 전에 이거 서린이 줘야 한다고 말했대. 그러고는 전자레인지 위에 올려놨다더라. 해초 엄마는 그러고 나서 잊고 있었대. 해초 엄마가 그 당시에 반지 같은 것에 신경 쓸 정신은 아니었을 테니까."

나는 기억을 더듬었다. 해초와 서린이가 친한 사이였었나. 하지만 아무리 생각해도 내 기억 속에 해초와 서린이가 함께 있는 모습은 없었다.

"왜 너한테 이 반지를 줘야 한다고 했대? 이유도 말했대?"

궁금해서 물어보지 않을 수가 없었다.

"내가 지랄했었거든."

"반지 달라고?"

"뭐? 너는 어떻게 생각하는 게 완전 초딩이냐? 내가 강도도 아니고 왜 해초가 산 반지를 달라고 지랄을 해? 그게 아니고 해초가 한정판 반지를 갖고 있는 걸 보는데 성질이 확 나는 거야. 그래서 쏘아붙였지. 너는 공부도 잘하고 인기도 많고 뭐든 다 가진 아이가 그 반지까지 갖고 싶었냐고. 해초, 네가 아니었으면 그 반지가 나한테까지 돌아올 수도 있었을 거라고. 순 이기적이라고. 행운만 찾아오는 아이라고 자랑하고 싶어서 관심도 없고 필요도 없는 반지를 산 거 아니냐고. 미쳤지. 반지 못 산 짜증을 해초한테 다 퍼부었어. 해초가 죽을 줄 알았다면 그러지 않았을 거야. 절대 그러지 않았을 거라고."

서린이가 두 손으로 얼굴을 가렸다. 서린이는 한참 동안 그러고 있었다. 서린이 손에서 반지가 햇빛을 받아 빛났다.

"장도수, 너도 생각해 봐."

서린이가 손을 내리며 말했다.

"내가 경찰에게 말하면 그 사실은 많은 사람들이 알 수 없어. 나는 해초를 그렇게 만든 범인이 누구인지 되도록 많은 사람들에게 알리고 싶어. 그래서 닥터쌤에게 부탁했던 거야. 해초를 끌고 갔던 남자가 어떻게 생겼는지 해초 영혼이 말하는 것처럼 해 달라고. 그러고 나서 경찰서에 가서 말하려고 했지."

"이런 말 해도 될지 모르겠지만……."

망설이다 떨어진 내 입술이 말끝을 흐렸다. 서린이는 말해 보라는 듯 고개를 끄덕였다.

"네 생각은 위험해."

서린이 눈이 동그래졌다.

"만약 닥터쌤이 네가 하자는 대로 한다고 쳐. 그러고 나서 너는 경찰서에 간다고 했지? 하지만 유튜브에서 한바탕 난리가 난 다음에 경찰서에 가서 말하면, 경찰은 뭐라고 할까? 유튜브를 보고 신고하는 거라고 생각할걸."

충분히 그럴 수도 있다. 서린이 표정이 확 변했다. 거기까지는 생각하지 못한 모양이었다.

"그럴 수도 있겠네."

서린이가 말했다. 힘이 다 빠져나간 목소리였다.

해초는 집을 나가기 전에 이미 결심을 했던 걸까. 그래서 서린이에게 반지를 주려고 마음먹었던 걸까. 만약 그랬다면 해초는 그 결심을 굳히기까지 얼마나 많이 결심했다가 무너뜨리고 다시 결심하고 또 무너뜨렸을까.

초록대문 집에서 빗소리에 묻히던 해초의 처절한 목소리가 귓전을 때리고 갔다. 나는 두 손으로 귀를 틀어막았다. 이대로 침묵을 이어 가서는 안 된다는 결론을 내렸다.

나는 아빠한테 물었다.

"아빠는 왜 담배 안 피워요? 피우다 끊은 거예요? 아니면 아예 배우지 않았던 거예요?"

머리가 좋은 아빠에게 이런 질문을 한다는 것은 '나는 담배를 피웁니다' 하고 이실직고하는 것과 같다.

"백해무익이야. 성장기든 나이가 들어서든 나는 애초에 담배를 피울 생각조차 하지 않았다. 그런 거에 신경 쓸 정신도 시간도 없었거든. 공부하기에도 시간이 부족한데 언제 그런 생각을 하겠니? 그런데 왜? 혹시 도수 너 담배 피우니?"

예상했던 질문이다. 이 질문이 나오면 사실대로 말하려고 마음먹고 있었다. 그러고 나서 그날 밤 내가 본 것을 말하고 엄마 아빠에게 함께 경찰서에 가자고 말하려고 했다. 하지만 '담배 피우니?'라는 아빠의 건조하고 냉랭한 목소리를 듣는 순간 결심은 와르르 무너졌다.

"아, 아니에요."

"참 나 원, 당신도 질문을 이상하게 하네. 도수가 담배를 피우면 당신한테 그런 질문을 하겠어? 담배를 피우면 아예 담배라는 말도 안 꺼내지. 문득 궁금해졌겠지. 도대체가 담배도 안 피우지, 술도 일 년에 한 번 마실까 말까 하지, 일만 파고드는 일벌레니까 우리 아빠가 혹시 로봇 아닌가 의심이 들 수도 있지."

엄마가 끼어들어 높은 담장을 쌓았다. 절대 담배 피운다는 말을 못 하게 만들었다.

해초는 죽었다. 해초는 다시는 제자리로 돌아오지 못한다. 서린이는 해초의 죽음을 많은 사람들에게 알리려고 하고 있다. 그런데 나는 담배 피운다고 야단맞을까 봐서 그날 범죄 현장을 목격했다는 말을 못 하고 있다. 내가 한심하게 느껴졌다. 침묵을 깨자는 결심이 허무하게 무너지고 나니 내가 얼마나 멍청한 놈인지, 얼마나 이기적이고 쓸모없는 놈인지 확실히 알게 되었다. 태어날 때부터 이 모양 이 꼴이었던 게 분명하다. 곰곰이 생각해 보니 내가 살아온 십오 년의 시간 동안 기억에 남는 일들은 늘 그 모양이었다.

저녁때 서린이한테 전화가 왔다.

"장도수, 닥터쌤이 그렇게 하겠대. 그렇게 하재."

서린이 목소리는 들떠 있었다.

"그래서 곰곰이 생각해 봤는데 있지. 유튜브 방송을 시작하기 직전에 경찰서에 찾아가서 먼저 사실대로 말하는 건 어떨까?"

"초록대문 집에 가자며? 라이브 방송에 가기로 했는데 경찰서에는 어떻게 가? 초록대문 집이 경찰서 이웃에 있는 것도 아니고. 서린이 네가 초록대문 집에 안 가고 경찰서로 가면 모를까."

"그건 안 돼. 내가 가야 극적인 장면이 돼. 나와 도수 네가 그 자리에 있어야 한다고. 수민이도 있으면 더 좋겠지만 그 배신자는 갈 턱이 없을 테고. 아무튼 초록대문 집 영혼이 기다리는 아이들이 있다는 것은 닥터쌤 유튜브 구독자들은 다 알고 있어. 왜 영혼이 그토록 애타게 아이들을 기다렸는지 그걸 보여 주는 걸로 해야 해."

아무리 생각해도 동시에 두 곳에 갈 수 있는 방법은 없었다. 서린이는 경찰에게 전화를 해야겠다고 했다. 직접 찾아가는 것보다야 못하지만 그래도 그 수밖에 없다고 했다.

초록대문 집에 가기 전 닥터쌩이 한 번 더 찾아왔다. 닥터쌩은 주의 사항을 몇 번이고 반복해서 말했다. 그리고 거짓말이 탄로날 경우 자신은 그야말로 매장당할 수 있다는 말도 했다. 주의 사항은 별것 없었다. 닥터쌩과 나 그리고 서린이 사이에 오간 말을 죽을 때까지 발설하지 않고 비밀을 지키라는 것이었다.

"영혼은 정말 존재하는 건가요?"

나는 돌아가는 닥터쌩에게 물었다.

"너는 아직도 그걸 의심하고 있는 거니? 대답할 가치도 없어서 노코멘트다. 아 참, 내가 왜 마음이 변했는지 알아?"

"모르겠는데요."

"내가 경찰서에 신고하라고 말했잖니? 당연히 신고해야지. 하지만 말이다, 신고한다고 뭐가 얼마나 달라질까 하는 생각이 들더라고. 그날 밤 범인이 잡힌다고 치고 어느 정도의 벌을 받을까 생각했다는 뜻이야. 아마 얼마 지나지 않아 범인은 아무렇지도 않은 듯 거리를 활보하고 다니겠지. 아이는 죽었는데 그 죽음에 대한 책임은 묻지 않을 테니까. 그 생각을 하니까 정수리에 확 불이 붙는 거 같더라. 나, 진짜 좋은 마음으로 하는 거야. 그러니까 비밀은 꼭 지켜."

"해초가 죽은 것에 대한 책임을 묻지 않는다고요? 왜요? 해초는 그날 밤 범인 때문에 죽은 거예요. 당연히 책임을 물어야죠."

서린이가 팔짝 뛰었다.

"참 세상 물정 모르는 소리 하고 있네."

닥터쌩이 혀를 끌끌 찼다.

흉가 탐험 라이브

새벽부터 비가 쏟아졌다. 날이 밝으면서 빗줄기는 더 거세졌다. 한 치 앞이 보이지 않을 정도로 쏟아지는 폭우였다. 잠을 설쳐서 머리가 아팠다. 손가락으로 헝클어진 머리를 대충 정리하고 창밖을 바라봤다. 이렇게 비가 쏟아지는데 라이브 방송을 할 수 있을까? 닥터쌤의 고물 경차를 타고 이 빗속을 뚫고 아무 일 없이 거기까지 갈 수 있을까? 하지만 그런 것보다 더 큰 걱정은 해초 영혼이 존재한다면 내가 아무렇지 않게 그 앞에 설 수 있을까 하는 거였다.

닥터쌤은 정확하게 시간을 지켜 약속 장소에 나타났다. 그는 항상 입고 다니던 두툼한 점퍼 대신 얇은 점퍼를 입고 왔다.

차는 퍼붓는 빗줄기를 겨우겨우 헤치고 나갔다. 빗줄기가 얼마나 거센지 공중 부양은커녕 앞으로 나가는 것조차 버거워 보였다.

"비옷 입은 남자에게 메일은 남겼어요?"

서린이가 물었다.

"응, 저번에 그런 식으로 가서 내가 꼭 사기꾼이 된 거 같아 기분 나쁘다고 했지. 오늘 라이브는 어떻게 될지 모르지만 혹시 시간이 있다면 초대하고 싶다고 했어."

"답장 왔어요?"

"아니."

"확인은요?"

"확인은 했더라고."

"그럼 됐어요. 오지 않더라도 방송은 볼 테니까요. 오면 더 좋겠지만."

"무섭지 않아?"

"각오하고 있어요. 설마 해초만큼 무섭기야 하겠어요?"

"그 사람 안 와."

나는 서린이와 닥터쌩의 대화에 끼어들었다. 경찰이 그랬다. 연락이 안 된다고. 연락이 안 된다는 것은 위험을 감지하고 숨은 거다. 숨은 사람이 나타날 리 없다. 깜박 잊고 있던 것이 이제야 생각났다. 나는 경찰이 했던 말을 서린이와 닥터쌩에게 했다.

닥터쌩이 말했다.

"그건 모르는 일이야. 어쩌면 아무 일 없는 듯 나타날 수도 있어."

"말도 안 돼요. 경찰이 찾는 걸 아는데요?"

"네 말을 들어 보면 말이다. 그때는 해초 학생의 사건에 타살 의혹이 제기되었을 때야."

"타살 가능성이에요."

"타살 가능성이나 타살 의혹이나. 하지만 타살은 아니라는 게 확실히 밝혀졌다면서? 경찰이 타살 의혹이 제기된 그때처럼 적극적으로 그 사람을 찾을 거라고 생각하니? 그러지 않을 것이라는 걸 그 사람이 알고 있을 수도 있어. 적극적으로 찾지 않는다는 것은 법의 잣대로 심판받는 처벌이 크지 않다는 뜻이거든."

"말도 안 돼. 담당 경찰은 인간성이 되게 좋아 보였어요. 진심으로 해초 일을 안타깝게 생각하고 있었다고요."

서린이가 소리쳤다. "인간성하고는 그닥 상관없어" 하고 닥터쌤이 중얼거렸다.

윈도 블러시가 정신없이 왔다 갔다 했다. 나는 윈도 블러시에 부딪쳐 흩날리는 빗방울을 바라봤다. 해초의 모든 것이 파편이 되어 날아가는 거 같았다. 창가 자리에 앉아 수학 문제를 풀던 해초 모습도, 급식실에서 식판을 들고 줄을 서 있던 해초 모습도 그리고 이불을 돌돌 말고 떨고 있던 해초 모습도.

우리는 방송 예정 시간보다 삼십 분 늦게 초록대문 집 앞에 도착했다. 닥터쌤이 비옷을 입고 장비를 챙기는 동안 서린이는 해초 사건 담당 경찰에게 전화를 했다.

"사실은 비옷 입은 남자 목소리만 들은 게 아니에요. 해초를 끌고 가는 모습도 봤어요. 덩치가 아주 컸어요. 비옷 모자를 깊게 눌러써서 얼굴은 못 봤지만 비옷 입은 모습이랑 덩치가 초록대문 집에서 만났던 그 사람과 같아요. 죄송해요. 너무 무서워서 직접 봤다는 말은 못 했어요. 목소리만 들었다고 하면 그래도 제 안전을 지킬 수 있을 거 같았어요."

서린이는 차분한 목소리로 이야기를 끝냈다. 전화를 끊고 나서 서린이는 멍하니 창밖을 바라봤다.

"뭐래?"

내가 물었다.

"닥터쌤 말이 맞았어. 내 말을 그냥 흘려듣는 것 같아. 시시한 말을 듣는 것처럼 시큰둥하게 느껴지기도 하고. 나 지금 시시한 말 한 거 아닌데."

서린이가 나를 바라봤다. 세상을 다 잃은 듯한 표정이었다.

닥터쌤은 랜턴을 설치했다. 하지만 빗줄기가 얼마나 거센지 랜턴으로 빗줄기를 뚫기에는 역부족이었다. 닥터쌤은 초록대문 집을 향해 자동차 헤드라이트를 켰다.

"여러분, 안녕하세요? 예정 시간보다 훨씬 늦었습니다. 비가 쏟아져서 운전을 제대로 할 수가 없었거든요. 저는 지금 초록대문 집 앞에 서 있습니다. 오늘은 여러분이 기다리는 사람도 같이 왔습니다. 아니, 이 집에 있는 영혼이 기다리던 사람이라고 하는 게 맞겠죠. 세 아이 중에 두 아이가 같이 왔습니다. 과연 영혼은 이 아이들에게 무슨 말을 하고 싶은 걸까요? 아, 비가 너무 많이 쏟아지고 있는데요. 그럼 안으로 들어가 보겠습니다."

우산을 써도 소용없었다. 옷이 금세 축축해졌다. 빗소리에 주위의 모든 소리가 다 묻혔다. 대문이 열리는 소리조차 들리지 않았다.

"울려요. 울립니다. 영혼이 나타났어요."

닥터쌤이 소리쳤다.

서린이가 내 손을 꽉 잡았다. 나도 서린이 손을 힘껏 잡았다. 마치 서린이 손이 생명의 동아줄인 것처럼. 서린이 손을 놓으면 안될 것처럼.

"가까이 와."

닥터쌤이 소리쳤다.

"장도수, 정신 차리자. 우린 시시한 짓을 하고 있는 게 아니야."

서린이가 손에 힘을 주었다. 나와 서린이가 다가가자 EMF 측정기 소리는 더 요란해졌다. 삐삐삐삑, 지지지지직.

"아이들이 왔어. 기다리던 아이들이 왔다고. 아이들이 오면 할 말이 있다고 했지?"

닥터쌤 말에 서린이가 중얼거렸다.

"잘하고 있어."

"비옷을 입었다. 비옷 모자를 깊숙이 눌러썼다. 아, 여러분, 영혼이 입을 열었어요. 비옷을 입었다, 비옷 모자를 깊숙이 눌러썼다. 누굴 얘기하는 거야? 그날 밤 범인 맞지?"

닥터쌩은 노련했다. 자연스러웠다.

"아주 잘하고 있어."

서린이가 다시 중얼거렸다.

"저번에 왔던 그 사람이라고? 여기에 왔던 사람을 말하는 거
니? 저번에 비옷 입고 왔던 사람? 말도 안 돼. 그럼 그때 바로 말
을 했어야지 왜 잠자코 있었어? 아, 그래서 화가 났었구나. 집 안
으로 한 발자국도 들여놓지 못하게 화를 냈던 이유가 바로 그거
였구나."

닥터쌩은 노련하고 자연스러운 것을 넘어 완벽했다. 서린이가
부탁하지 않은 말까지 했다.

"여러분, 오늘은 영혼이 굉장히 차분한 상태예요. 작정하고 자신
이 하고 싶은 말을 다 하고 싶어 하는 거 같습니다. 그럼 방 안으로
들어가서 장롱 문을 열어 보도록 하겠습니다. 영혼이 장롱 안에
머물고 있거든요."

닥터쌩이 방 안으로 성큼 들어섰다. 삐삐삐삑 지지지지직.

닥터쌩이 장롱 문을 활짝 열었다. 서린이는 바들바들 떨고 있었
다. 서린이의 떨림이 맞잡은 손을 통해 고스란히 느껴졌다. 얘가
이러다 기절하면 어쩌나 걱정이 되어 서린이를 바라보던 바로 그
순간이었다.

"혁혁혁혁혁."

닥터쌩이 갑자기 울기 시작했다. 닥터쌩 울음소리는 점점 더 커

지고 처절해졌다. 아이고 아이고 박자까지 넣어 가며 울었다. 울면서 뭐라고 소리치는데 제대로 알아들을 수는 없었다.

"왜 저러는 거야?"

나는 서린이에게 물었다.

"빙의."

"뭐?"

"빙의. 닥터쌤은 무당이잖아. 아니, 무당은 아니지만. 말 시키지 말고 제발 가만있어."

그때였다. 울음소리 때문에 제대로 알아들을 수 없던 닥터쌤의 발음이 한순간 또렷해졌다.

"다리를 절어, 다리를. 손가락, 손가락."

나와 서린이는 누가 먼저랄 것도 없이 마주 봤다. 누가 다리를 전다는 건지 처음 듣는 말이다. 손가락은 또 무슨 말인지. 다리를 전다는 말과 손가락이라는 말을 또렷하게 하고 난 뒤 닥터쌤의 발음은 다시 모호해졌다. 얼마 지나지 않아 닥터쌤은 울음을 그쳤다.

초록대문 집에서 나왔을 때쯤 한기가 들기 시작했다. 온몸이 덜덜 떨려서 자동차 문조차도 제대로 열 수 없었다. 닥터쌤은 히터를 틀고 온도를 올렸다. 하지만 한기는 좀처럼 가시지 않았다. 빗줄기는 점차 가늘어지다가 어느 순간 안개비로 변했다.

"이제 몸 좀 녹았으니까 출발해 볼까?"

닥터쌩이 상향등을 켰다.

"빙의였죠?"

자동차가 출발하자 서린이가 물었다. 닥터쌩은 대답이 없었다.

"제가 닥터쌩 방송 동영상을 거의 대부분 찾아봤거든요. 두 번인가 빙의 장면을 봤어요. 해초 영혼이 닥터쌩 몸 안으로 들어온 거죠? 아까 그 말이 무슨 말이에요? 누가 다리를 절어요? 범인이요? 손가락은 무슨 뜻이에요?"

"나는 몰라. 그래, 네 말대로 아주 가끔 영혼이 내 몸 안에 들어와. 내가 무당이라고 착각하는 영혼도 있나 봐. 그럴 때 하는 말은 내가 하는 말이 아니야. 나도 내가 무슨 말을 했는지 기억 못 해. 나중에 영상을 보면 알겠지만."

닥터쌩의 이십 년이 다 된 경차는 천천히 달렸다.

휴게소에서 닥터쌩은 댓글을 확인했다. 닥터쌩의 표정만 봐서는 어떤 댓글들이 달렸는지 짐작할 수 없었다. 서린이 말대로 대박이 났는지 어쨌는지도 짐작할 수 없었다. 그렇다고 해서 댓글을 확인할 기분은 아니었다. 몸이 자꾸만 축 처졌다. 어깨도 무겁고 머리도 무거웠다.

"나 이제 초록대문 집에는 안 갈 거다."

헤어지면서 닥터쌩이 말했다.

"내 몸속의 에너지 절반 이상은 오늘 밤에 빠져나간 느낌이야. 빠져나간 에너지를 보충하려면 꽤 많은 시간이 필요할 것 같아.

당분간 방송도 못 해. 이 몸으로 영혼들을 만나면 아마 미쳐 버릴 테니까. 오늘 방송이 너희가 원하는 만큼 도움이 되었는지는 모르지만 제발 도움이 되었기를 바라. 내가 뭐 그다지 정의롭다고 큰소리칠 만한 놈은 아니지만 말이다. 그래도 세상이 정의롭게 돌아갔으면 하고 바라는 사람 중 한 명이야. 들어가서 따뜻한 물에 몸 좀 푹 담갔다가 자라."

닥터쌩이 떠나고 나서도 나와 서린이는 한참 동안 그 자리에 서 있었다.

"누가 다리를 절었지?"

서린이가 물었다. 나는 고개를 저었다.

"손가락은 무슨 말이지?"

서린이가 또 물었다. 나는 다시 고개를 저었다. 그리고 이번에는 내가 서린이에게 물었다.

"빙의된다는 게 과학적으로 가능한 일이냐?"

"나도 몰라. 나는 수학하고 과학을 제일 싫어하니까 어디까지가 과학적이고 어디부터가 과학적이 아닌지."

"닥터쌩에게 영혼이 빙의되었다는 걸 믿어?"

나는 단도직입적으로 물었다.

"내가 빙의를 믿든 믿지 않든 그게 지금 중요해?"

서린이가 되물었다.

"지금 나한테 중요한 것은 해초 일이 결코 시시하지 않다는 걸 알리는 거야. 닥터쌤 말대로 따뜻한 물에 몸 좀 푹 담갔다 자. 요즘 독감 유행이라더라."

서린이가 돌아섰다.

"장도수."

나 역시 집 쪽으로 몇 걸음 걸어가는데 서린이가 나를 불러 세웠다.

"너무 웃기지 않니?"

서린이 목소리는 격양되어 있었다.

"해초가 타살이 아니라고 누가 그래? 해초는 타살이야. 해초는 스스로 죽은 게 아니야. 해초가 왜 스스로 죽어? 해초는 죽을 마음이 조금도 없던 아이야. 해초와 친하지도 않았으면서 어떻게 아느냐고? 친하지 않아도 알아. 두 번이나 같은 반이었는데, 거기에다 짝꿍도 세 번이나 했는데 왜 몰라? 해초 수첩에 쓰여 있던 버킷리스트를 몇 번이나 봤는데 왜 모르냐고? 꼭 직접 죽여야 타살이야? 꼭 직접 목을 조르고 칼로 찔러야 타살이냐고? 너무 웃겨. 어이없어서 웃음만 나온다고. 내가 아까 경찰에게 전화했잖아? 그런데 내가 말을 하고 있는데 급한 일이 있다면서 경찰이 먼저 전화를 끊었어. 이게 말이 된다고 생각하니?"

아, 그랬구나! 그래서 전화를 끊으면서 그런 표정을 지었구나.

비밀 아닌 비밀

"하여튼 하고 다니는 짓하고는. 이제 유명 인사가 되었으니 좋 겠다? 나이를 열여섯이나 먹었으면 철 좀 들어라. 아니, 철들기 를 바라지도 않아. 지금 이 상황에 해도 될 일, 해서는 안 될 일 정 도는 판단해야 하는 거 아니니? 그렇게도 생각이 안 돌아가니, 안 돌아가?"

엄마가 나를 두들겨 깨웠다. 눈이 안 떠질 정도로 피곤했다. 어 젯밤 늦게 오는 바람에 대충 샤워만 하고 쓰러져 잠이 들었다. 따 뜻한 물에 몸을 담그고 어쩌고 할 시간도 없었고 그럴 마음도 들 지 않았다. 생각은 복잡한데 몸이 늘어지고 처져서 곧 잠이 들었 었다. 열이 펄펄 나서 자다가 몇 번이나 깼다.

"좀 일어나 앉아 봐. 거긴 왜 간 거야?"

"내가 어딜 갔다고 그래?"

나는 이불을 뒤집어썼다.

"해초가 죽은 그 집 말이야. 거긴 왜 갔느냐고? 동영상 보니까 아주 볼만하더라. 서린이한테 네가 먼저 가자고 그랬지?"

나는 이불을 젖혔다. 어디서 어떤 정보를 듣고 엄마가 그 동영상을 벌써 봤는지 모르지만 내가 서린이에게 먼저 가자고 했다느니 어쩌느니 그런 유치한 말은 듣기 싫었다.

"뭘 잘했다고 온갖 인상은 다 쓰고 난리야? 그럼 서린이가 먼저 가자고 했니?"

"그게 뭐가 중요해? 누가 먼저 가자고 한 게 뭐가 중요하냐고?"

"얘가 왜 소리까지 지르고 난리야? 왜 중요하지 않아? 나연이는 네가 서린이를 꼬드겨서 간 거라고 생각하고 있던데. 서린이가 저번에 집을 나갔다가 이틀 만에 돌아온 사건 때문에 나연이 신경이 잔뜩 곤두서 있어. 제발 엄마 곤란한 일은 만들지 마. 그리고 해초엄마가 그 방송을 봤으면 뭐라고 하겠니? 해초의 죽음으로 돈벌이를 한다고 생각할 거야. 나라도 그렇게 생각하겠다. 제발 모두가 잠잠해지길 얼마나 바라고 있을 텐데. 그 닥터쌩인지 뭔지 유튜버도 그렇고 서린이랑 너도 그렇고 다 원망스러울 거라고."

"나하고 서린이 방송이 아니야. 돈 버는 거하고 우리하고 뭔 상관이야?"

"다 한통속이라고 믿는다는 말이지. 어제 방송이 딱 그랬어. 정말 큰일이다, 큰일이야. 그 유튜브 구독자 엄청 많다던데 이제 어떻게 할 거야? 길 가다가 네 얼굴을 알아보는 사람도 있을지 몰라. 비는 쏟아지는데 어쩜 그렇게 얼굴을 또렷하게 보이게 잘도 촬영했니? 딱 한 번 얼굴이 보였을 뿐인데 장도수 너랑 서린이라는 거 세상이 다 알겠더라."

"엄마."

"왜?"

"……."

"왜애? 불렀으면 말을 해."

"해초 엄마가 정말 그렇게 생각했을까?"

"당연하지. 한통속이니까 비가 미친 듯 퍼붓는데도 거길 갔다고 여기겠지."

"그거 말고. 모두가 잠잠해지길 바라고 있을까?"

"당연히 그렇겠지. 세상에 대고 떠들고 싶은 말은 아니잖아? 내일부터 학교 가는데 좋겠다, 사람들 입에 오르내릴 일 만들어서."

엄마는 사람들 눈 무서워서 마트도 못 갈 거 같다고, 아들 하나 잘못 두어 한동안 집에 갇혀 지내게 생겼다면서 온갖 원망을 다 쏟아내고 나서 방에서 나갔다.

나는 닥터쌤 유튜브에 들어갔다. 댓글이 셀 수 없을 정도로 달려 있었다.

'연출, 연출.'

나는 먼저 연출이라는 단어를 찾아봤다. 비옷 입은 남자가 댓

165

글을 달았다면 연출이라는 말을 쓸 것만 같았다. 하지만 어디에
도 연출이라는 말은 없었다. 닥터쌩에 대한 신뢰는 견고했다. 닥
터쌩이 빙의되었을 때 너무 마음이 아파 통곡을 했다는 사람도
있었다. 닥터쌩이 위험을 무릅쓰고 서린이 말을 들어 주었다는
걸 새삼 깨달았다. 비밀은 죽을 때까지 지켜야 한다고 했던 닥터
쌩의 당부가 얼마나 중요한지 느껴졌다.

─그놈이 다리를 저는 놈이었다는 말 같은데. 캠프 관련자들 중에 그런
놈 없냐? 비옷 입은 놈이 바로 그놈인데 왜 못 잡아?

사람들이 집중적으로 궁금해 하는 점은 다리를 저는 자의 정체
였다. 그다음으로 '손가락'이라는 말이 무엇을 뜻하는 것인지 추
리하기도 했다.

─닥터쌩. 저번에 탐험대에 신청했으면 그놈에 대한 정보가 있을 거 아
닌가? 정보 까.
─그런 일을 저지르고도 뻔뻔하게 탐험대에 신청한 놈이 그렇게 호락
호락할 거 같아? 어떻게 세상을 그렇게 쉽게 보나?
─그래, 나 세상 쉽게 본다. 어렵게 보면 뭐가 더 보이냐?
─성질하고는. 함께 힘 합해서 그놈을 꼭 잡자는 말이지. 포기하지 말
고. 법은 포기해도 우리는 포기하지 말자는 뜻이야. 어째 그렇게 문맥

파악을 못 하나.

―그래, 문맥 파악 잘하는 너는 유식해서 좋겠다. 그렇게 똑똑한 너하고 범인 좀 끝까지 찾아내자. 나도 절대 포기 안 해.

어젯밤 라이브는 성공적이었다. 서린이의 생각은 적중했다. 닥터쌤 유튜브에서 해초 일은 결코 시시한 일이 아니었다.

'정말 해초 엄마는 이런 걸 원하지 않을까? 모두 다 빨리 그 일을 잊기를 바라고 있을까?'

엄마가 했던 말이 자꾸 마음에 걸렸다. 그 말이 사실이라면 나와 서린이는 해초 엄마를 괴롭히고 있는 거다. 피가 철철 나고 있는 상처를 한 번 더 꾹꾹 쑤시는 짓을 하고 있는 거다.

나는 서린이에게 전화했다. 서린이는 끙끙 앓고 있었다. 기침도 심하게 했다. 나는 서린이에게 엄마가 했던 말을 전했다.

"새벽부터 도수 너희 엄마랑 우리 엄마랑 통화하더라고. 나도 그 얘기 들었어. 어쩌면 그럴 수도 있다는 생각이 들어서 계속 찜찜한 마음이었는데 우리 해초 엄마를 만나 볼까? 우리가 잘못한 거라면 닥터쌤한테 동영상을 아주 삭제해 달라고 해야 할 거 같아."

서린이는 고민할 것도 없이 바로 해초 엄마를 만나자고 했다.

서린이 상태는 심각했다. 폐가 입 밖으로 튀어나올 정도로 기침을 심하게 했다. 열이 펄펄 끓고 하룻밤 새 얼굴이 반쪽이 되어

있었다. 서린이는 해초 엄마에게 전화를 하면서도 기침 때문에
몇 번이나 말을 멈춰야 했다.

약속 장소로 나가자 저번 그 카페에 해초 엄마가 앉아 있었다.
한눈에 봐도 저번에 봤을 때보다 살이 더 빠져 있었다. 작은 얼굴
은 더 작아졌고 목은 훨씬 더 길게 느껴졌다.

"어제 방송 봤단다."

나와 서린이가 자리에 앉자마자 해초 엄마가 먼저 말을 꺼냈다.

"죄송해요."

서린이가 말했다.

"뭐가?"

목소리만 들어서는 해초 엄마 마음을 알 수 없었다. 화가 난 거
같기도 하고 아닌 거 같기도 했다. 뭐가 죄송한지 알고 죄송하다
고 하는 거냐고 묻는 것 같기도 하고 죄송할 것 없다는 뉘앙스로
들리기도 했다.

"어제 방송이요. 엄마가 그러는데 해초 엄마가 보면 마음이 아
플 수도 있다고……."

"마음 아팠지. 그걸 보고 어떻게 마음이 안 아플 수가 있겠니?"

"그죠?"

서린이가 고개를 숙였다.

"죄송해요. 동영상 삭제해 달라고 부탁할게요."

"왜 삭제해?"

해초 엄마 말에 서린이가 숙였던 고개를 반짝 쳐들었다. 나도 해초 엄마 얼굴을 바라봤다.

"마음이 아프다고 그러셨잖아요. 엄마 말이 맞는 거 같아요. 아줌마는 모두가 해초 일을 잊어 주었으면 하고 바랄 거라고 했거든요. 죄송해요."

"마음은 아프지만 마음이 약하지는 않아. 나는 해초 일이 잊히기를 바라지 않는단다. 도리어 모두 해초를 잊을까 봐 겁나. 그래, 너희 엄마가 왜 그런 말씀을 하셨는지 알 거 같아. 나도 예전에는 그렇게 생각했거든. 그런 일은 빨리 잊어 주는 게 당사자를 위한 일이라고. 그런데 말이야……"

해초 엄마는 말을 멈추고 물 한 컵을 단숨에 들이마셨다. 물이 넘어가면서 꿈틀거리는 목 힘줄을 보자 갑자기 콧날이 시큰해졌다. 더는 빠질 살도 없고, 잘못하다가는 힘줄이 밖으로 튀어나올 것만 같아 보였다.

"그런 말 들어 봤니? 어떤 사건이나 사고를 당한 사람의 가족이 '이런 일이 다시는 일어나지 말아야 합니다'라고 말하잖니? 나는 그런 말이 그냥 하는 말인 줄 알았어. 그런데 아니야. 나는 절대로 우리 해초가 당한 일 같은 일이 또다시 일어나서는 안 된다고 생각해. 내가 마음이 강해질 수밖에 없는 이유란다. 괜찮아. 아줌마 괜찮으니까 동영상은 삭제 안 해도 돼. 아줌마는 도리어 너희한테 고맙다. 그리고 도수 학생, 도수 학생에게는 미안하기도 하고.

저번에 쪽지라든가 머리가 젖었던 일로 솔직히 도수 학생을 의심하기도 했거든."

머리가 젖은 일이라는 말을 듣는데 가슴이 덜컥 내려앉았다.

"이 쪽지는 경찰에게서 도로 찾아왔단다. 도수 학생이 버려. 우리 해초가 무슨 이유로 도수 학생 이름을 적어 휴대폰 케이스에 보관했는지는 모르지만 그건 그냥 해초의 비밀로 놔두기로 하자."

해초 엄마가 지갑에서 접은 쪽지를 꺼내 내밀었다. 나는 쪽지를 받아 펼쳤다. 조각난 내 이름이 한눈에 들어왔다. 가늘고 붉은 줄이 가로로 쳐져 있는 메모지였다. 오른쪽 하단에 아주 작게 '꿈꾸는 토끼'라는 글씨가 박혀 있었다. 그리고 귀가 유난히 커다란 토끼 캐릭터도 있었다. 쪽지를 접으려다 멈칫했다. 토끼가 담배를 물고 있었다. 작고 흐릿했지만 분명 담배였다. '꿈꾸는 토끼'는 인기 있는 문구류 캐릭터다. 담배하고는 거리가 멀다. 가만 보니 담배는 그려 넣은 거였다. 해초가 장난을 친 거구나! 생각하다 정신이 번쩍 들었다.

"해초 친구들이 해초를 오래오래 기억해 주면 좋겠어. 어제 비너무 많이 맞은 거 아니니? 감기 심하게 걸린 거 같네. 그만 가서 쉬어."

해초 엄마가 서린이를 걱정하며 자리를 털고 일어났다.

해초 엄마와 헤어져 돌아오는 길에 서린이는 무슨 말인가 끊임없이 했다. 하지만 서린이 말이 귀에 들어오지 않았다. 담배! 해초가 왜 꿈꾸는 토끼 입에 담배를 그려 넣었을까? 해초가 담배를 피웠나? 어쩐지 해초와 담배는 어울리지 않았다. 하긴 뭐, 나와 담배가 어울린다고 생각하는 사람도 없을 테니까 그건 나만의 고정관념일 수 있다. 해초가 담배를 피운다고 해도 그렇다. 담배를 피운다고 해서 담배 그림을 그리지는 않는다. 그것도 귀여움이 상징인 문구류 캐릭터 입에 말이다.

집에 돌아와 구겨진 쪽지를 정성껏 폈다. 손바닥으로 누르고 두드리기도 했다.

"아."

그러다 나도 모르게 감탄사를 뱉었다. 꿈꾸는 토끼가 물고 있는 담배 앞에 작은 점 하나가 찍혀 있었다. 빨간색이었다.

"담뱃불?"

나는 멍하니 빨간 점을 바라봤다. 장도수, 담배, 담뱃불.

정신이 아득해졌다. 나는 단 한 번도 담뱃불에 대해 생각해 보지 않았다. 담배를 피웠는데도 담뱃불은 생각조차 못 했다.

그날 밤 나는 초록대문 집이 마주 보이는 곳에 서서 담뱃불을 붙였고, 몇 모금 빨다가 부리나케 담뱃불을 껐다.

'해초가 담뱃불을 봤나? 하지만 담뱃불을 봤어도 나인 줄 어떻게 알아? 해초는 내가 담배 피우는 걸 모를 텐데. 아니지, 내가 담배 피운 거 알 수도 있지.'

나는 서린이에게 전화를 했다.

"할 말이 있으면 아까 하지. 막 잠들려고 했는데."

서린이는 짜증이 뚝뚝 떨어지는 목소리로 말했다.

"너 해초랑 짝꿍이었지? 해초 그림 그리는 거 좋아했니?"

"그림? 잘 모르겠는데. 갑자기 그건 왜?"

"아니, 뭐, 그냥 궁금해서…… 혹시 해초 담배 피웠냐?"

나는 마음을 굳게 먹고 물었다.

"뭐래?"

"담배 피웠느냐고?"

"그건 나도 모르지. 그런 비밀까지 공유할 사이는 아니었으니까. 장도수 너, 다른 아이들한테는 그런 질문하지 마라. 나중에는 해초가 담배를 피웠다고 소문나니까. 피웠을 수도 있지만 피우지 않았을 수도 있잖아. 피우지 않았는데 피웠다고 소문나면 해초가 얼마나 억울하겠냐? 갑자기 그건 왜 궁금한 거야? 담배를 피웠다면 해초랑 담배 피우면서 대화라도 나눠 볼걸, 후회라도 되는 거냐? 맞아, 그랬으면 결과가 달라졌을 수도 있지. 모두 다 모른 척하지 말고 누구 한 명이라도 아는 척해 주었다면 좋았을 거라는 생각이 들어."

"무, 무, 무슨 말이야?"

"무슨 말이기는? 장도수 너 담배 피우는 거 안다는 말이지."

서린이는 담담하게 말했다.

"아, 아, 아니거든."

일단 오리발부터 내밀었다. 서린이가 알고 있다면 엄마가 아는 것도 시간문제다.

"장도수. 내가 경찰한테 비옷 입은 남자 목소리에 대해 말하던 날 왜 네 이야기도 했는지 아니? 너도 그 남자의 목소리를 들었을 수도 있다는 확신이 있었거든. 솔직히 너는 목소리에 예민하고 민감한 편이잖아. 눈 감고 들어도 누구 숨소리인지도 알 정도야. 선생님도 놀랄 정도의 능력이지. 그날 밤, 네가 트레이닝복 바지 주머니에 담배 넣는 걸 봤거든. 해초가 끌려가는 걸 보고 놀라서 돌아온 뒤 구석에서 이 일을 알려야 하나 말아야 하나 망설이고 있는데, 네가 나가더라. 너한테라도 말해야 하나 어쩌나 따라 나갔어. 그때 너는 현관에 있던 검은 우산을 쓰고 나갔어. 비가 얼마나 쏟아지는지 우산이 없으면 나갈 수 없을 거 같아서 따라가는 걸 포기했어. 한참 뒤에 네가 돌아왔는데, 분명 우산을 쓰고 갔던 네가 비를 흠뻑 맞고 온 거야. 얼굴은 새하얗게 질려 가지고. 너에게도 무슨 일이 생겼다는 걸 직감했어. 하지만 곧 해초가 없어진 걸 캠프 대장이 알게 되고 난리가 났고, 해초가 그런 모습으로 돌아왔어. 그리고 다들 입을 다물어야 한다는 분위기였고,"

다리에 힘이 빠져서 서 있을 수가 없었다. 나는 쪼그리고 앉았다.

"수민이가 닥터쌤 이야기를 했을 때 무섭기는 했지만 꼭 가야 할 거 같았던 그 마음, 도수 너도 나와 똑같은 마음이었을 거라고 생각했어. 그리고 내가 먼저 비옷 입은 남자 목소리에 대해 말하

173

면 도수 너도 알 거라고 믿었거든. 내가 잘못 생각했지만."

가슴 맨 안쪽에서 뭔가 부글부글 끓었다. 끓으면서 냄새를 뿜어 냈다. 온몸이 고무 탄내 같은 지독한 냄새로 가득 찼다. 그 냄새는 목을 타고 넘어와 눈언저리를 따갑게 했다.

"해초랑 무슨 말이라도 해 봤어야 했어."

서린이는 중얼거리듯 말하고 전화를 끊었다.

세상에는 나만 모르는 일들이 있다. 나는 내가 담배를 피운다는 사실을 나만 알고 있는 비밀이라고 여겼었다. 하지만 서린이가 알고 있었다. 해초도 알고 있었을지 모른다. 그리고 다른 누군가도 알고 있을 수 있다. 나는 다른 이들이 모두 알고 있는 일을 나만 알고 있는 비밀이라고 여기고 그걸 들키지 않으려고 끌어안고 전전 긍긍했다. 비밀도 아닌 비밀을 지키기 위해 말이다.

나는 해초 사건 담당 경찰에게 전화했다.

증언보다 확실한 증거

서린이와 같은 반이 되었다. 친하지도 않으면서 3년 동안 줄곧 같은 반이다. 수민이는 2반이 되었는데 며칠 더 있어야 학교에 올 수 있다고 했다.

오전 내내 분주했다. 개인 사물함을 정하고 이름을 써 붙였다. 짝도 정했다. 나는 교실 뒷문 바로 앞자리였고 태리와 짝이 되었다. 엄마들 사이에 정보가 전혀 없어 이리저리 핑계 댈 때 마음 편히 이름을 가져다 써먹을 수 있는 태리 말이다.

태리는 뭔가 불만이 가득한 표정이었다. 내가 마음에 들지 않는다는 뜻인지 아니면 다른 기분 나쁜 일이라도 있는지 알 수는 없지만 묘하게 사람 기분 나쁘게 하는 아이였다.

3교시가 끝나고 웬 아이가 교실 뒷문에서 기웃거렸다.

"이거."

그러더니 샤프 연필을 내밀었다.

"2학년 1반이거든요. 제 사물함에 이게 있더라고요. 사물함에 넣어 둔 걸 잊었나 봐요. 주인이 3학년 1반인지 잘 모르겠지만, 원래 1반이었으면 다음 해에도 1반이 될 확률이 높거든요. 아, 이건 제가 분석한 확률론이에요. 아마 이 반이 분명할걸요."

나는 말도 안 되는 확률론을 늘어놓는 아이가 내민 것을 받아 들었다. 우리 반 아이의 물건이 아니면 옆 반에 가져다주면 된다. 그런 확률론이 어디 있느냐고 어디까지 분석해 봤느냐고 따질 필요도 없다. 어떤 칠칠맞지 못한 아이 건가 이름을 확인하는 순간 심장이 멎는 듯했다.

2학년 1반 해초.

견출지에 또박또박 적힌 이름은 해초였다.

"2학년 아이는 해초가 죽은 걸 모르나 보네."

태리가 샤프 연필을 힐끗 보며 무덤덤한 표정으로 말했다. 감정이라고는 전혀 들어 있지 않은 듯한 건조한 말투였다. 태리는 해초가 죽은 지 백 년도 넘은 듯이 말하고 있었다.

나는 샤프 연필을 가방에 넣었다.

"그걸 왜 네 가방에 넣어? 저기 탁자 위에 갖다 놔. 선생님이 알아서 하겠지. 설마 네가 가지려고?"

나는 해초의 샤프 연필을 가방에 넣는 이유를 구구절절 태리에게 설명하지 않았다.

수업이 끝나고 해초 엄마를 만났다. 해초 엄마는 샤프 연필을 끝없이 어루만졌다. 견출지에 적힌 해초 이름을 바라보고 또 바라봤다.

"경찰서에 다녀왔다면서? 얘기 들었어. 오늘 아침에도 담당 경찰이 전화해 주었는데 범인이 곧 잡힐 거 같아. 어디에 있는지 알아냈대."

"비옷 입은 남자요?"

"응."

"아마 목소리 확인차 한 번 더 경찰서에 갈 수도 있을 거야."

"괜찮아요."

"요즘 해초가 없다는 게 조금씩 실감이 나기 시작한단다. 그동안은 언제라도 현관문이 열리고 해초가 들어올 것만 같았거든. 해초가 돌아올 수 없다는 사실을 실감하니까 이제야 해초가 많이 보고 싶어."

해초 엄마는 고개를 푹 숙인 채 한참을 꼼짝하지 않았다. 어깨만 들썩였다.

그날, 그날 내가 그 자리에서 소리만 질렀어도 결과는 많이 달라졌을 거다. 후회가 되었다. 두 눈 질끈 감고 소리칠걸. 하지만 후회해 봤자 소용없는 일이다.

딱 이틀 만에 엄마 귀에도 담배 이야기가 들어갔다. 어디를 통해서 들어갔는지 모르지만 누구한테 들었느냐고 묻지 않았다.

"하여튼 남들 하는 거는 다 해 보고 싶은 모양이지. 그 정도로 호기심이 왕성한데 왜 공부에는 호기심이 없는지 몰라. 공부하면 어떤 일이 일어나는지 그런 것에 호기심을 가지면 좋을 텐데."

엄마는 생각보다 크게 야단치지 않았다. 하지만 다시는 담배를 피우지 않겠다고 약속하라고 했다. 약속을 지키지 않으면 그때는 각오하라면서 말이다. 아빠가 별말 없는 걸로 봐서 아빠에게는 말하지 않은 모양이었다. 의외였다.

수요일 저녁에 비옷 입은 남자가 잡혔다는 소식을 서린이에게 들었다. 저녁밥을 먹으려고 막 숟가락을 집어 드는 찰나였다.

"목소리 확인하러 당장 오라고 하면 바로 가야 하는 거지?"

나는 서린이에게 물었다.

"당연히 바로 가야지. 아마 범인과 우리를 같은 장소에 있게 하지는 않을 거야. 내가 담당 경찰한테 물어봤거든. 그러니까 겁먹지 말고 와."

"누가 겁먹는다고 그래? 하나도 안 무섭거든."

서린이가 코웃음을 쳤다.

"내가 장도수 네 마음속에 들어갔다 나왔다."

서린이는 정확히 알고 있었다. 수백 번도 더 나를 망설이게 했던 이유, 첫 번째 이유는 담배였고 두 번째 이유는 바로 그것이었다는 걸.

"하지만 지금은 좀 달라졌다는 것도 알아. 무섭지만 그래도 꼭 해야 할 일이라고 생각하고 있잖아."

서린이는 소름이 돋을 만큼 내 마음을 들여다보고 있었다.

경찰서에서는 연락이 없었다. 다음 날도 또 그다음 날도. 담당 경찰에게 전화가 온 것은 금요일 오후였다.

비옷 입은 남자는 범인이 아니라고 했다. 그는 그날 밤 해초를 끌고 간 사람이 아니라고 했다. 초록대문 집 마루에서 해초 목소리를 산산조각 내던 그 목소리의 주인공이 아니라고 했다.

서린이는 뭔가 단단히 잘못되었다고 했다. 목소리를 들은 증인이 한 명도 아닌 두 명이나 있었다. 두 명의 기억이 틀렸을 리가 없다. 게다가 서린이는 그날 밤 해초를 끌고 가던 그 남자를 직접 봤다.

토요일 아침에 서린이와 나는 경찰서로 찾아갔다. 담당 경찰은 햄버거를 먹고 있었다. 언제 사다 놨던 건지 감자튀김이 튀김이라는 말을 붙이기 민망할 정도로 축 늘어져 있었다. 경찰은 그걸 토마토 케첩을 찍어 입에 넣었다.

서린이는 다짜고짜 따졌다.

"왜 우리를 안 부르셨어요? 증인으로 불렀어야죠. 증인이 있는데 누구 마음대로 범인이 아니라고 해요?"

"너희 증언보다 더 확실한 증거가 나왔거든. 그 사람은 캠프장으로 쓰인 그 집을 개조하고 고치는 일을 했어. 캠프가 있는 동안 세 번 그곳에 갔지. 캠프 마지막 날 오후에도 들렀어. 마당에 설치했던 캠프파이어 무대 한쪽이 무너졌다는 말을 듣고 그걸 손보러 갔다고 했어. 전날 연락을 받았는데 다른 일이 있어서 곧바로 못 가고 다음 날 갔다고 했지. 캠프파이어 시작하기 전에 손보면 되니까 크게 급할 것도 없다고 생각했단다. 그래서 처음에 참고인 조사도 했고 말이야. 서린이 학생 말을 듣고 나서 연락을 하니까 연락이 안 돼. 더 의심되는 상황이지. 그런데 말이다. 엊그제 주변 CCTV 중에 하나가 추가로 올라왔는데 영상에 그 사람의 자동차가 찍혔어. 캠프장이 있던 마을을 떠나는 영상인데 찍힌 시간이 그 일이 일어나기 훨씬 전이야."

"우린 캠프파이어 못 했어요."

"나도 알고 있지. 비가 와서 못 한 거. 그 사람은 혹시 늦게라도 비가 그치면 캠프파이어를 할 수도 있을 거 같아서 무대를 고쳤다고 하더라."

"범인도 아닌데 왜 숨어요? 숨은 것도 수상한 거 아닌가요?"

"나름대로 이유가 있더라고. 그 사람 집안일이라서 너희에게 말할 수는 없지만."

"그 사람이 맞다니까요."

서린이가 말했다.

"미안하다."

"그러면 그 사람이 뭐 하러 초록대문 집 탐험에 왔겠어요? 범인은 현장에 나타난다! 바로 그 심리라고요."

"흉가 탐험이 취미라고 하더라."

"그 사람 대변인이세요?"

"응?"

"그 사람 대변인이냐고요? 어쩜 그렇게 미리 준비한 거처럼 제가 묻는 것과 동시에 대답하세요?"

경찰은 말없이 햄버거를 크게 베어 먹었다. 늘어지고 색이 바랜 채소가 책상 위에 떨어졌다.

"그럼 이제 어떻게 되는 거예요?"

서린이가 물었다.

"글쎄다. 뭐 다시 시작해야겠지."

경찰이 이번에는 늘어진 감자튀김 대여섯 개를 한꺼번에 입에 넣었다.

"범인을 잡으면 좋고 못 잡아도 할 수 없다는 뜻인가요?"

"무슨 말을 그렇게 하냐? 나는 늘 최선을 다하고 있어. 나도 중학생 아이가 있어. 해초 부모님을 생각하면 마음이 아프다고. 이제 그만 가 봐라. 혹시 도움이 필요하면 연락하마."

"거짓말하지 마세요. 솔직히 말해도 돼요? 타살 의혹이 있다고 했을 때 아저씨 얼굴 표정하고요, 지금 아저씨 표정하고는 달라도 너무 달라요. 그러니까 한마디로 아저씨는 지금 이 일이 시시한 거예요. 시시해서 범인이 잡혀도 그만 안 잡혀도 그만이라고 생각하는 거예요. 제가 인터넷에서 성폭행범에 대해 공부 엄청 많이 했거든요. 반성하면 깎아 주고 초범이면 깎아 주고 술 마셨다고 하면 또 깎아 주고. 깎아 준다는 게 뭘 깎아 준다는 건지는 아시죠? 죄지은 사람 벌주는 게 무슨 마트 할인 행사예요? 카드로 계산하면 할인해 주고 회원이면 더 할인해 주는 마트 할인 행사냐고요? 그래서 공부하면서 딱 알았어요. 범인 놈이 잡혀도 깎아 주고 또 깎아 주고 하겠구나! 그런데 이제 범인이 잡혔는데도 범인이 아니라고 놔주는 거예요?"

"무슨 말을 그렇게 하니?"

경찰이 책상을 쳤다.

"해초는 그 일이 아니었으면 안 죽었어요. 그러니까 이건 살인 사건이라고요. 좋아요. 저랑 도수도 잘못했어요. 그날 그 자리에서 소리쳐서 사람들에게 알려야 했어요. 그랬다면 해초는 죽지 않았을 수도 있으니까요.

서린이가 두 주먹을 불끈 쥐었다.

"야, 그만해."

나는 서린이 팔을 잡았다.

"좋아요. 저는요, 그 사람 얼굴을 직접 보진 못했어요. 비옷을 입은 모습, 덩치, 그 사람이 분명하지만 얼굴을 못 봤으니까 증거가 불충분하다고 치자고요. 그리고 저는 목소리를 알아차리는 능력도 없어요. 제가 잘못 들었을 수도 있다고 치자고요. 하지만 장도수는 달라요. 귀가 예민해요. 민감해요. 한번 들은 소리는 절대 안 잊어버려요. 선생님들도 그렇고 아이들도 다 인정한다고요. 영어 선생님 발소리, 수학 선생님 발소리, 국어 선생님 발소리……. 발소리만 들어도 누가 교실로 들어오고 있는지, 누가 자신에게 다가오고 있는지 다 알아요. 헛기침 소리만 살짝 들어도 누구인지 안다고요. 도수 증언은 확실하다고요."

"그만하라고."

나는 서린이 팔을 잡아끌었다. 그 사람의 자동차가 찍힌 CCTV가 있다는데 내 듣기 능력이 그 증거를 앞설 수는 없다.

"지금 감자튀김 먹고 싶으세요? 햄버거가 먹고 싶냐고요?"

"야, 그만하라고."

나는 서린이를 질질 끌고 나왔다. 경찰서에서 나온 서린이는 한참 울었다.

"우리가 그날 바로 알렸어야 해. 그랬으면 우리 목소리는 집채만 한 파도 같았을 거야. 이제는 냇물의 물결 취급도 못 받아."

지금 후회해 봤자 소용없는 후회를 하면서 말이다.

도움받을 일이 있으면 연락하겠다던 경찰에게서는 아무 연락도 없었다. 부르지 말라고 할 때는 불러 대더니.

"기다릴 때는 아는 척도 하지 않더니."

해초 목소리가 들리는 거 같았다. 해초가 얼마나 기다렸을까. 내가 무슨 말인가 해 주기를. 이불에 돌돌 말려 캠프 대장 등에 업혀 왔을 때 머리며 옷이 흠뻑 젖어 있던 나를 보고 담뱃불의 주인공이 나인 걸 알아차렸을 거다. 그리고 기다렸을 거다. 그 생각을 하면 마음이 아팠다. 물컹물컹한 것이 온 장기를 휘젓고 다녔다. 이제는 내가 할 수 있는 게 아무것도 없었다. 서린이 말대로 물결조차 될 수 없었다.

엄마는 내가 다닐 학원을 알아보러 다니느라고 바빴다.

"이유 없어. 학생은 학교에 가고 학원에 가야 해. 공부해서 뭘 하라는 말은 안 해. 뭐가 되라는 말도 안 해. 공부해서 다 원하는 거 이루면 그게 더 이상한 거지. 그냥 다니는 거야. 남들 다니는 곳에. 아무 생각도 하지 말고 그냥 다녀."

3월 셋째 주로 접어들자 엄마 말대로 나는 아무 생각도 할 수 없었다. 생각할 시간이 없었다. 정신을 똑바로 차리지 않으면 학원 시간표대로 움직일 수가 없었다.

서린이도 나와 마찬가지인 모양이었다. 학교에서 얼굴 보는 게 전부였다. 엄마는 서린이 엄마와 그사이 무슨 일이라도 있었는지 나와 서린이는 단 한 개의 학원도 겹치지 않았다. 신기할 정도로 비켜 갔다.

3학년 1반 단톡방도 생겼다.

중3인 걸 잊지 말자.

단톡방 이름이 밥맛없었다. 밥맛없는 것뿐 아니라 괜히 사람을
초조하게 만들었다.

빙의로 얻은 단서

영어학원에서 돌아와 영어 화상수업 준비를 하고 있을 때 서린이에게서 전화가 왔다.

"나 지금 바빠서 길게 얘기 못 해. 수학 숙제를 안 해서."

누가 길게 말하라는 사람도 없는데 서린이는 전화를 하자마자 다짜고짜 말했다.

"닥터쌤에게 연락이 왔어. 비옷 입은 남자가 닥터쌤 흉가 탐험에 신청을 했대. 그 사람, 안 잡혀갔느냐고 묻더라고. 그래서 경찰에게 들었던 말을 그대로 해 주었거든. 닥터쌤이 어떻게 그럴 수가 있느냐고 하더라고. 그 말이 무슨 뜻이겠니? 닥터쌤도 비옷 입은 남자가 범인인 줄 알았다는 말이잖아, 그치?"

길게 이야기할 시간이 없다더니 서린이 말은 길어졌다. 영어 화상수업에 로그인할 시간이 다 되었는데 서린이는 전화를 끊을 생각도 하지 않았다.

"내가 지금 좀 바쁘거든. 영어 수업 시작해야 해."

"장도수, 네가 언제부터 공부했다고? 이제 너도 해초 일에 대해서는 더 이상 말하고 싶지 않은 거지? 그래, 공부해라, 공부해. 공부 열심히 해서 대통령도 되고 의사도 되고 박사, 석사 다 돼라."

서린이가 숨도 안 쉬고 쏘아붙이더니 전화를 끊었다. 대통령은 뭐고 의사, 박사, 석사는 또 뭐람. 유치해서 들어 줄 수가 없을 정도였다.

캐디 선생이 3분 늦었다고 난리였다. 자기가 늦었을 때는 알아듣지도 못하는 사람 붙잡고 빠른 영어로 온갖 핑계 대느라고 바쁘면서 왜 늦었느냐고 묻지도 않았다.

"나 오늘 수업 못 해요. 바쁜 일이 있어요."

나는 최대한 정확하게 발음하려고 노력했다.

"왜?"

"인터넷 연결이 잘 안 돼요."

"말이 돼?"

"예, 말이 돼요. 버스가 우리 집 앞에 있는 전봇대를 들이받았거든요. 그래서 전기도 들어왔다 나갔다 하고 인터넷도 마찬가지예요."

캐디가 눈을 끔벅거렸다.

"저번에 수업 빼먹을 때 그랬잖아요? 선생님 집 앞 전봇대를 버

스가 들이받아서 접속 못 했다고. 필리핀만 버스가 전봇대 받는
줄 알아요? 한국도 그래요. 바이 바이. 다음 시간에 만나요."

나는 어설픈 영어를 쏟아낸 다음 로그아웃했다. 그리고 바로
서린이에게 전화했다. 서린이는 수학 과외 선생을 기다리는 중이
라고 했다.

"장도수, 너 언제 시간 낼 수 있어? 닥터쌩이 좀 만나자고 하더
라고."

서린이가 말했다.

"우릴?"

"그럼 우리지 다른 아이들일까 봐? 우리를 만나자고 하는 거니
까 나한테 연락한 거지. 너는 꼭 네 입에 넣어 주어야 이 말이 그
말이구나 하고 이해하니?"

얘가 왜 이렇게 예민한지 모르겠다.

"이번 주 일요일은 괜찮아. 학원 보충도 없고 과외도 없어."

"일요일은 안 된다고 하더라고. 흉가 탐험이 있다고 했어. 금요
일은 어때? 닥터쌩이 금요일에 만났으면 하던데. 금요일 저녁에
학원 다녀오는 길이 딱 좋을 거 같아."

금요일이면 내일모레다. 저녁에 학원 다녀오는 길이라면 또 영
어 화상수업을 빼먹어야 한다.

"좋아."

이번에는 트럭이 전봇대를 들이받았다고 하면 되지, 뭐.

금요일, 영어학원에서 나오는데 톡이 왔다. 캐디였다. 사진 몇 장이 첨부되어 있었다. 확대해서 봤더니 흙탕물이 콸콸 흐르는 사진이었다.

—홍수 났어. 인터넷 안 돼.

풋! 인터넷이 안 된다면서 톡질은 잘도 하고 있다. 그냥 솔직히 말하지. 남자 친구를 만나러 간다든가, 파티에 간다든가. 예전에 영어 화상수업을 좀 했었는데 그만둔 이유가 책임감 없는 선생의 태도 때문이었다. 수업을 빼먹어도 미리 이야기해 주는 법이 없었다. 당일 수업 직전에 이야기해 주면 그래도 괜찮았다. 로그인하고 기다리고 있는데 안 나타났다. 전화해도 안 받았다. 그러고는 그 다음 수업 시간에 천연덕스러운 얼굴로 나타나서 파티 갔었다고 자랑질을 했다. 책임감은 없지만 솔직하긴 했다. 심심하면 하는 게 파티였다. 생계인 수업보다 파티를 더 중요하게 여기는 걸 보면 캐디가 어떤 성격인지 더 말할 필요도 없었다.

나야 뭐, 괜찮았다. 그런데 엄마가 펄펄 뛰었다. 한국의 정서로는 도저히 이해가 안 되는 행태라면서 말이다. 그래서 때려치웠었는데 이번에 학원을 알아보면서 다시 시작했다. 그냥 영어 듣기 공부라고 생각하고 일주일에 세 번 정도 해도 괜찮을 것 같다고 말이다. 왜 수업 시간에 나타나지 않았느냐고 따지며 싸우는 것도 영어 공부란다.

닥터쌩은 먼저 와서 우리를 기다리고 있었다. 서린이는 아직이었다.

"오랜만이다. 공부하느라고 힘들어서 그런지 얼굴이 반쪽이네. 뭐 마실래? 시키고 와."

닥터쌩이 카드를 내밀었다.

"서린이 오면 같이 시킬게요."

나는 닥터쌩 앞에 앉으며 그를 훑어봤다. 얼굴이 반쪽이 된 것은 닥터쌩이었다. 사람이 한순간에 저렇게 살이 빠질 수도 있구나, 신기할 정도였다. 닥터쌩은 살만 빠진 게 아니었다. 스타일도 확 달라졌다. 머리는 살짝 웨이브가 들어간 파마를 했고 밝은 갈색으로 염색까지 했다. 귀걸이와 목걸이는 번쩍번쩍 빛나는 금색이었다. 어깨에 두른 초록색 스카프는 도대체 왜 저게 어깨에 걸쳐져 있는지 모를 패션 아이템이었다.

"안녕하세요?"

내 눈이 스카프를 지나 쫄티에 도착했을 때 서린이가 왔다.

"뭐예요?"

서린이가 닥터쌩을 바라보며 물었다.

"뭐가?"

"머리랑 옷이랑 귀걸이며 목걸이. 그 쫄티는 어울린다고 생각하고 입으셨어요?"

나는 서린이의 능력에 감탄했다. 단 일 초도 안 되는 시간에 그걸 전부 보다니.

"멋지지 않니?"

"전혀요. 양아치 같아요."

서린이는 내 옆자리에 털썩 앉았다. 양아치라는 말을 듣고도 닥터쌤은 얼굴색 하나 변하지 않고 카드를 주며 마실 것을 사 오라고 했다. 나는 오렌지주스를 서린이는 아이스 아메리카노를 샀다.

"밤인데 커피 마셔도 돼? 잠 안 오면 어쩌려고?"

닥터쌤이 물었다.

"상관없어요. 집에 가서 해야 할 일이 엄청나거든요. 다 하고 나면 아마 내일 아침이 되어 있을 거예요."

"아이고야, 공부를 그렇게 열심히 하면 진짜 훌륭한 사람이 되겠네. 꼭 훌륭한 사람이 되어라."

"덕담 맞죠?"

"아마 그럴걸."

"그럼 비꼬는 게 아니라 덕담이라고 알아들을게요. 그런데 왜 우릴 보자고 하셨어요? 닥터쌤도 좀 이상한 거죠? 비옷 입은 남자가 범인이 아니라는 게 이상한 거 맞죠?"

서린이가 물었다.

"아마도."

닥터쌤은 모호하게 대답하며 귀걸이를 만지작거렸다. 그러더니 스카프를 풀어 다시 어깨에 정성스럽게 걸쳤다.

"대체 그동안 무슨 일이 있었던 거예요?"

서린이가 얼굴을 찡그리며 물었다.

"뭐가?"

"사람이 어떻게 한순간에 그렇게 변할 수가 있어요? 취향이 확 바뀌었잖아요? 말하는 것도 달라졌고요. 딴사람 같아요."

"패션모델이 꿈이었던 영혼을 만났었거든. 아니, 현재진행이니까 만나고 있거든. 그 영혼이 내 안에 들어왔다 나갔다 하는 거겠지. 나도 모르게 이렇게 되었거든. 하지만 그 영혼을 만나지 않으면 곧 이런 증상은 사라져. 아이고, 말도 마라. 그 영혼이 살았을 때 거식증이 있었다고 하더라고. 그래서 그런지 내가 자꾸만 음식을 거부하게 돼. 빨리 끝내야지 이러다가 나도 죽게 생겼어."

"그 말을 믿으라고요?"

서린이가 물었다. 나도 묻고 싶은 말이었다.

"참 이상하지."

닥터쌩이 한쪽 손으로 턱을 괴고 서린이와 내 앞으로 얼굴을 바짝 들이밀었다.

"믿는 듯하면서도 안 믿고, 안 믿는 듯하면서도 믿어. 그러니까 이걸 뭐라고 해야 하나. 선택적 믿음이라고 해야 하나. 자신이 믿고 싶을 때만 믿어. 원칙이나 규칙이나 매뉴얼도 없어. 그냥 그때 기분에 따라 달라지는 거지. 왜 그럴까?"

"무슨 말이에요?"

서린이가 얼굴을 찡그렸다.

"잘 생각해 봐. 너희는 나를 따라다니면서 영혼의 존재에 대해 늘 갈팡질팡했어. 믿었다가 믿지 않았다가 그러다 다시 믿었다가 또 믿지 않았다가……. 좋아, 좋아. 사람들은 대부분 같거든. 내가 오늘 너희를 보자고 한 것은 안타까워서야. 그날 내가 빙의해서 했던 말 있지? 그 말은 잊은 거니?"

"빙의해서 했던 말이요? 그게 뭐였더라."

서린이가 나를 바라봤다.

"믿거나 말거나 그건 너희 선택이야. 그럼 나는 이만 간다. 아, 참! 이번 주 일요일 흉가 탐험에 그 사람이 올 거야. 너희도 오고 싶으면 오고. 나는 온다는 사람은 절대 안 말리거든."

닥터쌤이 일어났다. 바지는 더 가관이었다. 레깅스가 얼마나 몸매 덕을 보는 옷인지 나는 오늘에서야 비로소 깨달았다. 닥터쌤이 레깅스를 입은 모습은 도저히 눈 뜨고 봐 줄 수가 없었다,

"그렇게 입고 병원에 가면 다른 사람들이 아무 말도 안 해요? 간호사나 환자들이. 하긴, 옷은 가운을 입으면 안 보이긴 하겠다. 하지만 이 파마머리랑 귀걸이, 목걸이 보면 아무 말도 안 해요? 미쳤냐고 안 물어보냐고요."

"병원을 왜 가? 나 아픈 곳 없는데?"

"의사 아니에요?"

"의사? 사람들이 나를 의사라고 부르긴 하더라고. 그래서 닥터

쌩이 된 거지. 처음에는 닥터성이었는데 어쩌다가 닥터쌩이 되었는지 그 변천사에 대해서는 아는 바 없고. 나는 의사이긴 의사인데 영혼들을 달래고 어루만져 주는 의사야. 아아아아아, 내 정신 좀 봐. 중요한 말을 안 하고 그냥 갈 뻔했네. 그 아이는 잘 있지? 뼈는 잘 붙었나? 나이가 어리니까 잘 붙었겠지?"

"수민이요?"

"응, 맞아. 이름이 수민이었지."

"잘 붙어 가고 있는 거 같아요. 학교에 왔더라고요. 다른 반이라서 말은 붙여 볼 기회가 없었는데 그럭저럭 괜찮아 보였어요."

닥터쌩이 가고 나서도 나와 서린이는 한동안 아무 말도 하지 않고 서로의 얼굴만 마주 보고 앉아 있었다.

"다리를 절었다와 손가락이라는 말이었지? 닥터쌩이 빙의되어서 한 말 말이야."

한참 후에 서린이가 물었다.

"비옷 입은 남자 다리 절었니? 안 절었지? 아니다, 확인해 봐야겠다."

서린이는 해초 사건 담당 경찰에게 전화를 했다. 비옷 입은 남자는 다리를 절지 않는다고 했다.

"손가락은요? 손가락 열 개는 다 있어요? 아, 다 있다고요."

서린이는 절망적인 표정으로 전화를 끊었다.

"다리도 안 절고 손가락 열 개도 다 있고. 그럼 정말 비옷 입은 남자가 범인이 아니라는 말이야? 어떻게 너랑 나랑 둘 다 틀렸을 수가 있어? 나는 비옷 입은 남자가 범인이라고 딱 믿고 있었는데. 그런데 잠깐! 닥터쌩이 수민이 다리 다친 걸 어떻게 알고 있지? 도수 네가 말했냐?"

나는 그런 기억이 없다.

"그날 네가 괜히 졸아서 얘기한 거 아니야? 정말 귀신의 저주가 있냐고 물었던 거 기억나는데? 휴게소에서 닥터쌩이 우동 먹을 때."

서린이에게 물으면서 나는 기억을 더듬었다. 하지만 서린이는 귀신의 저주가 있냐고만 물었을 뿐 수민이가 다쳤다는 말은 안 한 것 같았다. 서린이도 그렇다고 했다. 나와 서린이는 닥터쌩 앞에서 수민이에 대한 말을 단 한 번도 한 적이 없었다.

"어떻게 알았지? 수민이가 닥터쌩에게 말했나? 그럴 수도 있잖아. 아무리 생각해도 찜찜하니까 혹시라도 다른 저주가 또 있을까 봐서."

서린이가 그럴듯한 말을 했다. 하지만 정확한 건 아직 아무것도 없었다.

서린이와 헤어질 때까지 엄마에게서 세 번, 서린이 엄마에게서 두 번 전화가 왔다.

"한 가지 더 좀 이상한 게 있어. 수민이 다리뼈가 잘 붙었는지 어쨌는지가 왜 닥터쌩에게 중요한 얘기야? 그리고 그게 그렇게 중요하면 수민이한테 직접 전화해 보면 되는 거 아니니? 그걸 왜 우리한테 물어봐? 닥터쌤은 수민이 연락처를 알 텐데."

돌아서서 몇 걸음 가던 서린이가 뒤돌아보고 말했다.

"궁금한 건 바로 알아봐야 해."

서린이는 당장 수민이에게 전화를 했다. 서린이는 앞뒤 말 다 잘라 버리고 "너 나랑 도수 몰래 닥터쌤이랑 연락하고 지내냐? 다 알고 있으니까 솔직히 말해라" 하고 물었다. 오늘 보니 서린이는 보통이 아니었다. '다 알고 있으니까 솔직히 말해라.' 저 말은 순발력이 없으면 나올 수 없는 말이다. 머리 회전이 빨라야 나올 수 있는 말이다. 상대편의 가슴을 철렁 내려앉게 만들고 머릿속을 복잡하게 만드는 말이다.

서린이는 잠시 휴대폰을 들고 있다가 곧 끊었다.

"뭐래?"

"이상해. 당황하는 거 같은 느낌이 확 왔어. 수민이 원래 말 안 더듬지? 그런데 말까지 더듬어. 뭐지? 그리고 또 한 가지! 저번에 수민이가 그런 말 했었지? '공연히 닥터쌤에게 데리고 가서' 이런 말 말이야."

서린이는 아무래도 이상하다고 했다. 하지만 이상한 것에 대해 구체적으로 이야기를 나누기도 전에 약속이나 한 듯 엄마들에게 다시 전화가 왔다.

"오늘 밤에 생각 좀 해 보자."

서린이와 나는 급하게 헤어졌다.

또 다른 목격자

서린이는 수민이가 얼굴을 싹 바꿨다고 했다. 엊그제 밤에 전화할 때만 해도 당황해서 말까지 더듬어 가며 횡설수설하던 수민이었다. 그런데 담담하고 태연하게 그날 사인하지 않고 나온 뒤로는 닥터쌩과 단 한 번도 연락한 적이 없다고 말했단다. 그래서 닥터쌩에게 전화를 했지만 그는 전화를 받지 않는다고 했다. 회의 중이니 메시지를 남겨 달라는 말만 계속 나온다고 했다.

"무슨 회의를 이틀 동안 하니? 야, 할 수 없다. 우리 오늘 닥터쌩 흉가 탐험에 가자. 오는 사람 안 말린다고 했잖아. 비옷 입은 남자가 다리를 저는지 절지 않는지 직접 확인도 해 보고."

서린이 말대로 하고 싶어도 문제는 시간이었다. 캐디가 무슨 바람이 불었는지 보충을 하겠다고 했다. 책임감은 약으로 쓸래도 없는 캐디, 그래서 그 부분에 있어서는 어느 정도 포기하고 있던 엄마는 캐디가 보충해 준다는 말에 거의 감동을 먹었다. 그 보충이 오늘 밤이다. 빠질 수 없는 상황이었다. 나는 어쩔 수 없는 내 상황을 서린이에게 말했다.

"너도 해초를 잊어 가고 있구나."

서린이가 혼잣말처럼 중얼거렸다. 그 말을 듣자 며칠간 잠잠하던 물컹거리는 존재가 다시 내 몸속을 휘젓고 다니는 느낌이 들었다. 명치끝에 매달려 잡아당기는지 아프고 쓰렸다.

"아니거든. 며칠이나 되었다고 벌써 잊냐? 사람을 어떻게 보고."

나는 발끈했다.

"잊는 데 많은 시간이 필요한 거 같니? 자신과 상관없는 일이라고 생각하는 순간 바로 잊게 되는 거야. 너 그러는 거 아니다."

어쩌면 서린이 말이 정확할지도 모른다. 아직 내가 해초를 잊은 건 아니지만 얼마 안 가서 잊을지 모른다는 생각이 들었다.

'안 돼.'

서린이 말대로 그러면 안 된다. 그러는 거 아니다. 해초 일에 처음에는 파도가 될 수 있었지만 이제는 물결 정도밖에 안 되는 나였다. 하지만 이대로 시간이 더 가면 물결도 될 수 없을 것이다.

나는 번역기를 찾아 가며 되도록 공손하고 예의 있게 캐디에게 메시지를 남겼다.

—제가 상당히 중요한 일로 오늘 보충을 하기 힘들게 되었습니다. 하지만 오늘 하지 못한 보충을 다시 요구하지 않겠습니다. 그러니까 우리 엄

마에게는 보충을 했다고 말하겠다는 겁니다. 캐디 선생님도 우리 엄마에게는 그렇게 말해 주었으면 좋겠습니다.

메시지를 보내고 얼마 지나지 않아 답장이 왔다.

—오케이!

좋아서 어쩔 줄 모르는 캐디의 얼굴이 보이는 듯했다.

닥터쌩과 겨우 통화가 되었다. 오늘 탐험할 흉가는 시내에 있다고 했다. 직접 찾아오라면서 주소를 주었다. 우리 동네에서 멀지 않은 곳이었다. 다행이었다. 엄마 몰래 나갔다 오려면 되도록 가까운 곳이 좋았다.

저녁을 먹고 수업과 숙제가 연달아 있으니까 방해하지 말라고 엄마에게 말한 다음 내 방문을 잠그고 집을 빠져나왔다. 그리고 상가 앞에서 서린이와 만나 택시를 탔다.

흉가는 도심 한가운데 있었다. 바로 집 앞으로 왕복 4차선 도로가 있었고 사람들의 발길도 잦은 곳이었다. 빨간 벽돌의 이층집은 밖에서 보기에는 전혀 흉가 티가 나지 않았다. 높은 담 너머로 보이는 나무들은 평화로운 정원을 떠올리게 했다.

"시내 한가운데니까 소란스럽지 않게 조용히."

닥터쌩은 방송 준비를 하며 소리 지르지 말라고 몇 번이나 당부했다. 방송 시간이 다 되어 가는데 비옷 입은 남자는 나타나지 않았다.

"그 사람은요? 오늘 온다고 했잖아요?"

서린이가 물었다. 닥터쌩이 턱짓을 했다. 닥터쌩이 가리킨 곳에 한 사람이 걸어오고 있는 게 보였다. 가로등을 등지고 걸어오는 사람의 실루엣은 비옷 입은 남자가 맞았다. 비옷을 입고 있지 않아서인지 지난번보다 덩치는 좀 작아보였다.

"준비 다 되었나요? 이야, 흉가 탐험이 말입니다. 하면 할수록 심장이 쫄깃하고 매력 있더라고요. 연출의 냄새가 약간 나긴 하지만 말입니다."

가까이 다가온 남자가 손을 번쩍 들며 말했다. 목소리를 듣는 순간 머리끝부터 발바닥까지 소름이 돋는 느낌이었다. 저 목소리가 맞다. 분명하다.

"오호, 저번에 그 학생들인가 보네? 아, 맞아. 초록대문 집에 있는 영혼의 친구들이라고 했나? 같이 캠프에 참가했던 같은 학교 같은 반 친구에게 그런 일이 생겨서 너희도 충격을 많이 받았겠다. 그래도 이렇게 씩씩하게 지내는 모습을 보니 정말 다행이구나."

비옷 입은 남자가 말하는 순간 서린이가 내 손을 꽉 잡았다. 서린이가 내게 '저 남자 목소리 맞아'라고 말하는 것 같았다.

대문을 열자 스산한 바람이 획 불었다. 담 하나를 사이에 두고 집 안과 도로의 기운이 달라도 많이 달랐다. 흉가에 대해, 영혼에 대해, 귀신이나 영혼에 대해 아무것도 모르는 내가 느끼기에도 말이다.

200

"거의 굶어 죽은 거나 마찬가지지. 사람이 먹지 않으면 생각도 멈추게 되고, 그러면 판단력이 흐려지거든. 스스로 목숨을 버렸지만 결국은 굶은 탓에 그렇게 된 거니까 굶어 죽은 거나 마찬가지야."

중얼거리며 마당 안으로 들어서던 닥터쌤이 갑자기 '흡!' 짧은 신음 소리를 냈다. 그러더니 코를 잡아 쥐었다.

"여러분, 방송을 시작하자마자 이게 무슨 상황인가 궁금하실 텐데요."

닥터쌤은 코를 잡아 쥐고 코맹맹이 소리를 냈다. 그러더니 헛구역질도 했다.

"저번에 왔을 때는 냄새가 이 정도로 역겹지는 않았는데요. 오늘은 코로 숨을 쉴 수 없을 정도입니다. 일단 참고 안으로 들어가 보겠습니다."

닥터쌤이 성큼성큼 마당 안으로 들어갔다. 얼핏 보기에도 꽤 오래된 나무가 여러 그루 있고 마당 중간에는 파라솔과 탁자 그리고 의자가 놓여 있었다.

삐삐삐 삐삐삐삑.

요란한 소리가 어둠을 갈랐다.

"아아아아아. 저기 지하실 창문 보이시죠? 오늘은 랜턴을 켜지 않아서 잘 안 보일 수도 있는데요. 잘 보시면 저기 마당과 맞닿은 곳에 유리창이 보여요. 지하실 유리창입니다. 저기에서 나오는 기운이 대단한 것 같습니다."

닥터쌩이 지하실 유리창이 있는 곳으로 걸어갔다.

"지하실 유리창을 열고 귀신이 확 나오는 거 아닌가?"

비옷 입은 남자가 뒤에서 나지막하게 지껄였다.

"으아아악."

그때 닥터쌩이 비명을 질렀다.

"그러지 마, 그러지 말라고."

삐삐삑 소리가 더 요란해지고 닥터쌩의 비명 소리도 커졌다.

"우, 우, 우리 나가자."

서린이가 내 손을 다시 꽉 잡았다.

"뭐라고? 억울하다고? 뭐가 억울한지 말해 봐."

"나가자고."

"크게 말해 봐. 더 정확히."

"나가자니까."

닥터쌩은 소리치고 서린이는 나가자고 하고 정신이 하나도 없었다. 잠시 뒤 닥터쌩이 소리치는 걸 멈췄다. 삐삐삑 소리도 멈췄다. 푸휴, 닥터쌩이 숨을 몰아쉬었다.

"어떻게 새로운 게 없어? 매일 억울한 게 있으면 말하라는 그 소리밖에 못 하나? 억울한 게 뭔지 좀 밝히면 더 재미있을 텐데. 노력을 더 해야겠군. 그래야 구독자들을 열광시킬 수 있지."

비옷 입은 남자가 중얼거렸다. 비아냥거리는 게 분명했다.

대문 밖으로 나왔을 때 점퍼 안에 입은 티셔츠가 흠뻑 젖어 있다는 걸 깨달았다. 닥터쌤의 파마머리도 땀으로 젖어 있었다. 닥터쌤은 방송을 마무리하고 장비를 정리해서 자동차에 실었다.

"학생들."

비옷 입은 남자가 나지막하게 말했다.

"나는 오늘로써 확실히 깨달았어. 그동안은 약간 긴가민가했거든. 귀신이라는 거 없다고 믿으면서도 혹시나 했다고. 흉가 탐험이라는 게 사기인 거 같으면서도 어느 순간 소름이 끼칠 정도로 진실인 거 같기도 하고 말이야. 그래서 더 확인하고 싶었는데 오늘 보니까 확실해졌어. 귀신은 없어. 다 사기야. 오늘로써 흉가 탐험 취미는 끝! 학생들, 공부 열심히 해라."

비옷 입은 남자는 돌아서서 손을 흔들며 걸어갔다. 서린이는 그 모습을 지켜봤다. 남자는 전혀 다리를 절지 않았다.

"저 사람이야. 사탕 사러 갈 때 뒤를 따라왔던 사람. 나무둥치 뒤에 숨었던 사람, 분명해."

서린이가 말했다. 하지만 소용없는 말이었다. 그 말을 내가 믿어 준다고 해도 달라지는 건 없었다.

"저 사람, 너에 대해서도 다 알고 있을 거야. 너랑 나랑 해초 친구고 같은 학교에 다니고 심지어 같은 반인 거까지 알고 있잖아? 닥터쌤 유튜브에도 그런 정보는 나오지 않았어. 댓글에서 너도나도 세 아이를 외쳐 대면서도 같은 학교 같은 반이라는 말은 단 한마디도 없었어."

서린이 말에 얼른 휴대폰을 꺼냈다. 닥터쌩 유튜브에 들어가 확인하고 싶었다.

"저 사람이 왜 온 줄 알겠지? 취미는 분명 아니야, 그치?"

닥터쌩이 물었다. 그러더니 이층집을 바라보며 말했다.

"진짜 이상해. 뭔가가 있어."

"뭐가요? 설마 자살이 아니라 타살일 가능성도 있다는 말인가요?"

서린이는 아직 진정되지 않은 떨리는 목소리로 물었다. 닥터쌩은 대답하지 않았다.

"그런 기분만 들면 뭘 해요? 증거가 없으면 다 꽝인걸요. 아니, 증거가 있어도 어설픈 증거는 증거 축에도 못 드는데요."

"증거를 찾는 건 내 몫이 아니지. 나는 그저 영혼들을 만나 그들의 이야기를 듣는 거니까. 증거를 찾고 그 사건을 파헤치는 건 경찰이 할 일이야. 필요하다고 부르면 내가 아는 걸 성심성의껏 말할 수도 있지. 하지만 내가 하는 말을 경찰들은 잘 안 믿더라고. 나는 나름 열심히 살고 있는데 그렇게 안 보이나 봐. 내가 너희에게 해 줄 수 있는 말은 증거와 증인은 의외로 많을 수 있다는 거야. 자신만이 증인이고 목격자라고 믿는데, 알고 보면 그렇지 않은 경우가 많아. 생각해 보렴. 대낮에 넓은 도로변에서 살인 사건이 났어. 대낮이니까 범인의 얼굴을 본 목격자가 분명 있을 거야.

한둘이 아닐 수 있지. 하지만 정작 범인의 얼굴을 본 목격자라고 나서는 사람은 흔치 않다고 하더라. 아아아, 이러다 내가 비밀을 말하게 생겼네. 비밀은 지킨다고 약속했으니까 지켜야지. 그럼 잘 가라. 내가 오늘 바쁜 너희를 부른 이유는 여기까지다."

닥터쌩이 자동차에 올라탔다. 닥터쌩의 자동차는 순식간에 가속이 붙어 내달렸다. 이십 년이 다 된 경차의 성능이 놀라웠다.

"닥터쌩이 우리를 부른 이유가 뭔데?"

그는 이유를 말한 것처럼 이야기했지만 나는 알 수 없었다.

"나도 지금 그 생각을 하는 중이야. 이유가 뭐지?"

서린이도 고개를 갸웃거렸다. 나와 서린이는 버스를 타고 가기로 하고 버스 정류장을 향해 걸었다. 서린이는 버스 정류장에 도착할 때까지 아무 말도 하지 않았다.

"생각났어. 증인이 또 있다는 말이야. 그날 밤 너랑 나 말고도 범인을 본 사람이 또 있어. 확실해."

"누구?"

"그건 또 생각해 봐야지. 닥터쌩이 했던 말들을 다 긁어모아서 퍼즐처럼 맞춰 보면 누군지도 알 수 있을 거야. 도수 너도 생각 좀 해 봐라. 닥터쌩이 헛소리하려고 우릴 부른 건 아닐 거야."

우리는 버스 정류장 의자에 앉아 버스 몇 대를 그냥 보냈다. 아파트 입구까지 가는 버스의 꽁무니를 멍하니 바라보고 있던 서린이가 휴대폰을 꺼내 들었다. 그러고는 누군가에게 전화를 했다.

"아저씨, 뭐 드세요? 아저씨는 맨날 뭘 그렇게 먹어요?"

서린이는 다짜고짜 짜증부터 부렸다.

"저랑 도수 말고 다른 아이들도 다 참고인 조사 하셨죠? 혹시 다리 저는 사람을 봤다는 아이는 없었나요?"

해초 사건 담당 경찰인 모양이었다. 경찰을 이웃집 백수 아저씨 대하듯 하다니.

"아저씨, 밥은 있잖아요. 하루 세끼 또박또박 제시간에 먹어야 해요. 아무 때나 생각나면 먹고 생각 안 나면 굶고 그러면 배가 나오거든요. 딱 아저씨 배처럼요."

서린이가 전화를 끊었다.

"다리 저는 사람을 봤다는 아이는 없대."

"너 언제부터 경찰을 그런 식으로 대했냐?"

"우리 말을 개떡으로 알아들을 때부터. 나는 경찰은 대단한 줄 알았거든. 범인을 꼭 잡을 줄 알았단 말이야. 게다가 그 경찰, 중학생 아들인지 딸인지 있다면서 무슨 일이 있어도 해초를 그렇게 만든 범인을 잡을 거라는 의지가 대단해 보였거든. 그런데 그게 아니더라고…… 잠깐!"

서린이 눈이 빛났다.

돌을 던지는 방법

"아닌데."

수민이는 의자에 기대 길게 뻗은 다리를 건들거렸다. 서린이 얼굴에 실망의 빛이 역력했다. 서린이 딴에는 자신의 추리가 정확하게 맞아떨어질 거라고 확신한 터였다. 서린이의 추리는 내가 들어도 그럴듯했다.

서린이 말은 이랬다. 수민이가 나와 서린이를 데리고 닥터쌤을 처음 만나러 갔던 날, 제일 적극적이던 수민이가 잠깐의 순간에 변한 것은 우연이 아닐 거라고 했다. 아마도 닥터쌤에게 자신이 목격한 것을 말했을 수도 있다는 거였다. 자신도 모르게 의도치 않고 말이다. 그러다 스스로 놀라 초록대문 집 탐험에서 빠졌다는 이야기였다. 은근히 설득력이 있었다. 그리고 다시는 안 볼 것처럼 내뺐던 수민이가 병문안이니 뭐니 하며 나와 서린이를 불렀다는 게 의심이 간다고 했다. 아마도 싱크홀에 빠지고 보니 덜컥 저주가 아닌가 겁이 났던 거고, 나와 서린이가 초록대문 집에서 뭔가 새로운 사실을 알아낸 건 아닌가 궁금해서일 수도 있다는 것이다. 예를 들어 저주를 내리겠다고 영혼이 말했다든가, 뭐 그런 거 말이다. 이 말도 설득력이 있었다. 그리고 서린이가 집을 나가 돌아오지 않았을 때 '공연히 닥터쌤에게 데리고 갔었다'라며 무심결에 흘린 말 역시 수민이를 의심할 만한 증거라고 했다.

"나는 그날 이후로 닥터쌤을 만난 적 없는데?"

하지만 수민이는 서린이 말을 다 듣기도 전에 닥터쌤을 만난 적 없다고 잡아뗐다.

"몇 번이나 말해야 아냐? 내가 초록대문 집 탐험에 안 가겠다고 한 건 내 마음이 시켜서 그런 거라고. 그리고 친구한테 병문안 오라는 말도 못 하냐? 또 닥터쌤에게 연락했던 걸 후회할 수도 있지. 서린이가 집을 나가서 돌아오지 않았을 때 그런 말 한 거? 뭐 그럴 수도 있는 거 아니야? 내가 싱크홀에 빠진 걸 저주가 아닌지 걱정했던 것처럼 서린이가 집에 돌아오지 못하는 이유도 그럴 수 있다는 생각, 할 수 있는 거 아니냐?"

듣고 보니 수민이 말에도 설득력이 있었다.

"그런데 왜 안 물어봐?"

서린이가 수민이에게 물었다.

"뭘?"

"닥터쌤을 만나서 그 말 했니? 내가 분명히 이렇게 물어봤잖아? 그런데 무슨 말인지는 왜 안 물어보냐고?"

"안 했으니까. 닥터쌤에게 한 말이 없으니까."

"수상해."

서린이가 눈을 가늘게 뜨고 수민이를 쏘아봤다.

"너는 양심의 가책 같은 거 안 느끼니? 무슨 양심의 가책이냐고 는 묻지 마. 그건 닥터쌤을 처음 만나러 가던 날 네 입에서 나왔으 니까. 그래, 좋아. 결국은 우리가 할 수 있는 게 아무것도 없을 수 있어. 우리가 대단하다고 여기고 무서워서 입 다물고 있었던 일 도 별거 아닐 수도 있어. 그래도 우리가 알고 있는 건 말해야 하지 않냐? 끝까지 입 다물고 있지 말고. 파도가 되지 못해도 물결이 되지 못해도, 그래도 돌을 던졌다는 표는 내야 하는 거 아니냐고. 좋아, 나도 큰소리칠 입장은 못 돼. 해초가 나에게 이걸 주고 가지 않았다면 지금도 입 딱 다물고 있었을 테니까."

서린이가 주머니에서 반지를 꺼냈다.

"아마 도수도 마찬가지일 거야. 해초가 알면서도 모른 척해 주 었다는 사실을 몰랐다면 입을 다물고 있었을 수도."

맞는 말이긴 한데 왜 나까지 끌고 들어가는지 모르겠다. 서린 이 저 혼자만의 이야기로도 충분히 콧날이 시큰해지는데.

"나 그만 가도 되는 거지?"

수민이가 일어났다.

"돌을 던지는 방법도 여러 가지겠지. 정면에서 던지기, 뒤에서 던지기, 좌측에서 던지기, 우측에서 던지기. 남들이 잘 보이는 곳에서 던지기, 잘 보이지 않는 사각지대에서 던지기."

그러더니 알아듣지 못할 말을 하고는 절뚝거리며 갔다.

서린이 휴대폰이 울렸다. 전화를 받은 서린이 눈이 동그래졌다.

"잠시만요, 잠시만요. 머릿속 정리 좀 하게 천천히 말씀해 주세요."

서린이는 고개를 끄덕끄덕하며 전화를 받았다.

"가자."

서린이가 전화를 끊고 나서 말했다.

"어딜?"

"경찰서."

"경찰서? 왜?"

서린이는 대답 대신 내 팔을 잡아끌었다. 교실을 나와 운동장을 가로질러 교문 앞에서 택시를 잡을 때까지 나는 서린이에게 끌려갔다. 서린이는 흥분해 있었다. 너무 흥분해서 내가 묻는 말에 대답도 제대로 못 하고 횡설수설했다.

경찰서에 닥터쌩이 있었다. 해초 사건 담당 경찰과 마주 앉아 있던 닥터쌩이 나와 서린이를 보더니 자리에서 일어났다. 뭔가 둔탁한 것으로 뒤통수를 얻어맞은 거 같았다. 설마 닥터쌩이 해초 일과 무슨 관계가 있는 건가?

"여러 가지로 고맙습니다."

경찰이 닥터쌩에게 악수를 청했다.

"별말씀을요. 제가 방송에서 한 말을 진지하게 들어 주셔서 도리어 감사하죠."

닥터쌩이 경찰 손을 잡고 허리를 숙였다. 닥터쌩은 나와 서린이에게 웃어 보였다. 그러고는 다시 허리를 숙여 인사를 한 다음 경찰서를 나갔다.

"앉아라."

경찰이 의자를 가리켰다.

"비옷 입은 남자가 범인이라는 게 밝혀졌다고요? 빼박 CCTV 영상이 있다면서 대체 어떻게 된 거예요?"

"나도 너만큼 답답했거든. 심증은 있는데 물증이 범인에게 유리하게 빼박이었잖니. 경찰을 오래 하다 보면 말이다. 범인을 딱만나면 냄새가 나거든. 온갖 좋은 향수를 다 뿌려서 가리려고 해도 그 냄새는 절대 안 가려져. 내가 그 남자를 참고인으로 불렀을 때 처음부터 좀 이상했지. 자꾸만 범인 냄새가 나는 거야. 당시에는 아무 상관도 없는 사람처럼 보였는데 말이야."

나는 경찰 말을 들으며 닥터쌩을 떠올렸다. 유독 냄새가 많이 나는 흉가가 있다고 했다. 경찰도 오래 하면 범인 냄새가 나고 흉가 탐험도 오래 하면 영혼의 냄새를 맡을 수 있다는 말 같았다.

"게다가 중학생 아이한테 햄버거를 처먹고 싶으냐는 말까지 들었지 뭐냐."

"저, 저는 처먹는다는 말은 안 썼는데요. 먹고 싶냐고 했지."

서린이 얼굴이 벌게졌다.

"그러던 중에 갑자기 닥터쌤 방송을 찾아보고 싶어지는 거야. 그리고 닥터쌤이 빙의되어 말하는 걸 보게 되었지. 서린이 학생이 전화해서 비옷 입은 남자가 다리를 저는지, 손가락이 열 개 다 있는지를 묻기도 했지. 그때 딱 어떤 생각이 떠올랐느냐면……."

경찰이 서랍을 열고 기름 얼룩이 있는 흰 봉투를 꺼냈다. 그리고 주섬주섬 꼬깃꼬깃한 봉투 안에 있는 내용물을 꺼냈다. 설탕이 녹아내려 축축한 도넛이었다.

"지금 배가 너무 고픈데 먹으면서 말해도 될까?"

경찰이 물었다. 서린이가 고개를 끄덕였다.

"그 남자가 캠프파이어 무대를 고쳤다는 생각이 나는 거야. 무대를 고치다 보면 다칠 수도 있지 않나? 참 막연한 생각이었지. 하지만 그 생각을 그냥 떨쳐 내서는 안 될 거 같아서 닥터쌤을 만나자고 했단다. 그리고 알게 되었지. 닥터쌤에게 그 남자가 다리를 전다는 말을 해 준 사람이 있다는 걸. 그리고 닥터쌤이 그 말을 빙의된 것처럼 말해도 되겠느냐고 했을 때 그 사람이 그러라고 했단다. 그 사람이 누군지는 밝힐 수 없어. 닥터쌤이 비밀로 해 달라고 했거든. 약속했다고."

"수민이죠? 다 알고 있으니까 솔직히 말해도 돼요."

서린이가 물었다.

"다 알고 있으니까 솔직히 말하라는 건 우리가 제일 많이 하는 소린데."

경찰이 픽 웃었다.

"수민이도 그 일로 경찰서에 다시 왔었어요?"

"아니, 아직. 하지만 곧 한 번 와 달라고 부탁하려고. 사람은 말이다, 다 달라. 나는 수민이를 존중해 주고 싶다. 수민이 입장에서는 지금 이 상황이 무섭고 두려울 수 있어. 하지만 양심 때문에 가만있을 수도 없었던 거지. 너희도 모른 척해 줘라."

경찰은 설탕이 녹아 끈적거리는 물이 줄줄 흐르는 도넛을 한입에 넣었다. 도넛 하나를 다 먹고 나서 경찰은 그동안의 일을 자세히 말해 주었다.

수민이도 그날 밤 해초가 끌려가는 것을 봤다고 했다. 마침 화장실에 가려고 나왔다가 말이다. 캠프장으로 쓰였던 집은 구조가 약간 특이했다. 화장실은 밖에 있는 것도 안에 있는 것도 아니었다. 일단 신발을 신고 나와 마당 구석을 가로질러 가야 했다. 지붕이 있어서 비가 와도 젖을 염려는 없었다. 수민이가 본 남자는 다리를 절고 있었다.

"같은 것을 봐도 사람들은 각각 다른 것을 기억해."

경찰이 말했다. 경찰 말대로 서린이는 비옷을 입은 것을 봤고 수민이는 다리를 저는 것을 봤다.

수민이는 그 이야기를 닥터쌩을 만난 첫날 하고 말았다. 의도치 않게 자기도 모르게 한 말이었다. 나와 서린이가 사인할 때 죽을 수도 있다는 말에 수민이는 극도로 겁을 먹었다고 했다.

"영혼은 진짜 범인이 누군지도 알고 있나요? 그럼 범인을 알고 있는 사람의 마음속도 들여다볼 수 있나요? 영혼이 나를 보고 사람들에게 사실대로 말하라고 할 수도 있나요? 솔직히 나는 다리를 전다는 것 외에는 아무것도 모르는데."

수민이는 이렇게 말했다고 한다. 중학생이나 되면서 죽을 수도 있다는 협박인지 농담인지 모를 야릇한 말에 어떻게 그렇게 대응할 수 있었는지 좀 어이없었다. 하지만 한편으로 생각하면 겁이 많으면 그럴 수도 있을 것 같았다.

수민이는 겁이 나서 초록대문 집 탐험을 그만둔 거였다. 하지만 해초 일을 아주 모른 체하지는 않았다. 닥터쌩에게 결정적인 제보를 한 거다. 다리를 절던 그 남자가 캠프파이어 무대를 고치던 남자 같다고 말이다. 수민이는 캠프파이어 무대를 고칠 때 그 남자를 봤다고 했다. 쿵쿵 망치질하던 남자가 비명을 지르더니 무대에서 떨어졌다고 했다. 한참 후에 일어나는 걸 봤는데 다리를 다쳤는지 제대로 서지를 못하고 절뚝거리고 가는 걸 봤다고 했다. 하지만 캠프에 관련된 사람들 중에서 그다음 날 다리를 절던 남자는 단 한 명도 없었다.

"내가 그 말을 듣고 캠프장에 다시 갔었지. 그동안 몇 번 가기는 했지만 캠프파이어 무대를 돌아보긴 처음이었어. 해초 학생 사건 때문에 캠프장은 아직 그대로였어. 한동안 캠프장에는 사람들이 얼씬도 하지 않을 테니 치우고 어쩌고 할 필요도 없다고 여긴 탓이겠지. 그 남자는 비가 그치면 캠프파이어를 할지 몰라서 깨끗하게 고쳤다고 말했었거든. 그런데 직접 가 보니 아니었어. 뒤쪽이 무너진 그대로였어. 무너진 곳에는 못들도 삐져나와 있더라고. 아마 무대에서 떨어졌으면 못에 찔렸을 가능성이 많아. 못에 찔리면 파상풍을 걱정하지. 그래서 캠프장 주변 병원들을 샅샅이 수소문했지. CCTV 영상에 그 남자의 자동차가 찍힌 그 시간 직후로 말이야. 그리고 남자가 주사를 맞고 간 병원을 찾아냈어. 망치로 얻어맞아 손톱 하나가 빠지기까지 했더라고. 손가락에는 붕대를 감아 주었대. 그리고 결정적인 것! 다른 길로 들어가는 그 남자의 자동차가 또 다른 CCTV에 찍혔지. 아주 멀리 희미하게."

범인은 잡혔다.

수민이 말이 맞았다. 돌은 꼭 한 방향으로만 던질 수 있는 게 아니었다.

어쩌면 수민이도 나처럼 물컹거리는 존재가 시시때때로 마음속을 휘젓고 다녔을지도 모른다. 명치끝이 수시로 따끔거렸을 수도 있다. 먹은 것이 목에 걸려 며칠 동안 넘어가지 않았을 때도 있었을지 모른다.

"잡긴 잡았는데 말이다."

경찰이 빈 봉투를 두 손으로 구기며 미간을 찡그렸다.

"서린이 학생 말대로 이리저리 깎일 수 있어. 마트 할인 행사도 아니고. 하지만 그건 내 힘으로도 그리고 학생들 힘으로도 어쩔 수 없는 거다. 해초 어머니 말대로 절대 잊지 않는 것밖에 할 수 있는 게 없어. 해초 어머니한테도 범인 잡혔다고 전화드렸거든. 다시는, 다시는 해초 같은 아이들이 없게 해 달라고 통곡하시는데 마음 아파서 혼났다."

나는 서린이와 경찰서에서 나왔다. 해가 지고 있었다.

"잊지 말자."

서린이가 새끼손가락을 내밀었다. 나는 이번에는 웃지 않았다. 대신 서린이 손가락에 내 손가락을 걸었다. 시간이 아무리 많이 흘러도 절대 잊지 않을 거다. 해초에 관한 일이라면 뭐든. 파도가 되지 못했던 일이 두고두고 후회되고 미안할 거 같았다.

서린이가 수민이에게 전화를 했다.

"안 돼."

나는 깜짝 놀라 서린이를 말렸다. 하지만 늦었다.

"수민이 네 증언이 확실한 증거가 되었대."

서린이 입에서 이 말이 튀어나오고 있었다. 내 얼굴을 본 서린이가 아차 싶은지 얼굴이 빨개졌다.

"비밀이라고 했는데 어쩌냐?"

결국 서린이는 모든 것을 털어놓기로 한 것 같았다.

"아, 몰라, 우리 사이에 비밀이 어디 있어? 우리가 보통 사이냐? 병문안도 가는 사이인데. 나와라, 맛있는 거 사 줄게."

서린이는 수민이에게 나오겠다는 약속을 받아 냈다. 셋이 햄버거 가게에서 마주 앉았다. 만났다고 해도 특별히 할 말도 없었다. 할 말은 이미 전화로 다 했다. 우리가 하고 싶은 말이 샘물처럼 솟아나는 사이도 아니고. 우적우적 햄버거를 다 먹어 갈 즈음 서린이가 햄버거 하나를 포장했다. 누구에게 가져다주려는지 물어보지 않아도 알 거 같았다. 수민이는 오늘 닥터쌤이 특별방송을 한다고 했다면서 유튜브에 들어갔다.

"손가락이라고 말했던 건 손가락에 붕대를 감았다는 말이지? 수민이 네가 다리를 전다는 말과 손가락이라는 말을 영원히 혼자만 알고 있었다면 범인은 영영 잡지 못했을 거야."

서린이가 말했다.

"뭔 소리 하는 거야? 나는 다리를 전다는 말만 했지 손가락이라는 말은 한 적 없어. 손가락은 너희가 한 말 아니었어?"

수민이가 눈을 크게 뜨고 말했다.

"안 했어? 어? 우리도 그런 말 한 적 없는데?"

서린이가 나를 바라봤다. 잠시 정적이 흘렀다.

"그럼 뭐야? 손가락이라는 말은…… 진짜 빙의되어서 한 말?"

"여러분, 오늘은 이층집 특별방송을 하기로 했는데요. 왜 오늘 하필이면 방송을 하는지 궁금해할 분들이 많을 거예요. 저번에 이 집에 사는 영혼이 오늘을 꼭 집어서 말해 주었거든요. 오늘 만나면 뭔가 대단한 비밀을 알아낼 거 같습니다. 이 집에 살고 있는 영혼에게는 무슨 비밀이 있는 걸까요?"

닥터쌩의 목소리가 수민이 휴대폰에서 흘러나왔다.

한 사람이 카메라 앞에 서 있었다. 기자는 계속 같은 말을 다시 물었다.

"정말 못 보셨다는 말씀이죠?"

기자의 질문이 거듭될수록 그 사람의 목소리와 말투는 더욱더 단호해졌다.

"못 봤습니다."

모든 정황상 그 사람은 그 시간에 거기에 있었고, 그 사건을 목격했을 것이다. 하지만 그건 짐작일 뿐 증거가 없었다. 아니, 증거가 있다고 해도 그 사람에게 목격한 것을 억지로 말하게 할 수는 없는 일이었다. 오직 한 명, 목격자로 추정되는 사람은 입을 다물었고 그 사건을 해결했다는 보도는 어디에서도 만날 수 없었다.

이 책은 그런 이야기에서 비롯되었다.

글을 쓰면서 한 자리에서 한참을 머물렀다. 도저히 앞으로 나갈 자신이 없었다. 여전히 그 자리에는 아픔이 머물고 있는데 어떤 위로도 건네지 못한 채 내 마음대로 이야기를 끝내야 한다는 것이 나를 힘들게 했다. 하지만 결국 나는 글을 이어 갔다. 내가 던질 위로는 이야기를 끝내는 것이었으니까.

사람이 만든 법은 촘촘하지 못했다. 의외로 허술한 구석도 많다. 그 허술함을 여며 주고 메워 주는 역할을 하는 것이 양심이다. 이 소설을 쓰면서 양심에 대해 많은 생각을 했다. 어떻게 보면 양심은 법보다 더 지키기 어렵다. 나의 안전과 평화를 걱정하는 자신과의 싸움이기 때문이다. 그러나 결국 자신의 안전과 평화를 위해 양심은 지켜져야 한다.

해초가 죽고 나서 이 책의 이야기는 시작된다.

해초를 죽인 것은 어느 날 갑자기 닥친 그 일이었을까?

안타까웠다. 해초 주변의 인물들이 처음부터 양심껏 밖으로 나섰다면 얼마나 좋았을까. 그랬다면 해초는 갑자기 닥친 불행을 극복할 수 있는 힘을 얻었을 것이다. 그리고 선택은 달라졌을지 모른다.

내가 시작한 이야기는 어렴사리 마무리되었다. 하지만 이 이야기는 현실에서 또 다른 해초가 나오지 않을 때에야 비로소 정말로 끝이 날 것이다. 더 이상 이런 아픈 이야기가 세상에 나오지 않길 바란다. 그리고 그것이 이루지 못할 욕심이 아니길 간절히 바란다.

2021년 겨울 박현숙

흉기탐험대
양심이 깨어나는 시간

© 박현숙, 2021

초판 1쇄 발행일 | 2021년 12월 6일
초판 3쇄 발행일 | 2022년 12월 29일

지은이 | 박현숙
펴낸이 | 정은영
편 집 | 문진아 조현진 정사라
마케팅 | 최금순 오세미 공태희
제 작 | 홍동근

펴낸곳 | (주)자음과모음
출판등록 | 2001년 11월 28일 제2001-000259호
주 소 | 10881 경기도 파주시 회동길 325-20
전 화 | 편집부 (02)324-2347, 경영지원부 (02)325-6047
팩 스 | 편집부 (02)324-2348, 경영지원부 (02)2648-1311
이메일 | jamoteen@jamobook.com
블로그 | blog.naver.com/jamogenius

ISBN 978-89-544-4788-1 (43810)